彼女のカノジョと
不純な初恋
Akeo
イラスト 塩こうじ

YUKI HAIJIMA
拝島雪《はいじまゆき》
一人暮らし中のフツーの女子高生。
クラスでは目立たないが、
実はツッコミ気質な内弁慶。
成績はフツーに悪い。
（違う、違う違う、浮気とか
そういうのじゃない、絶対……！）
TSUKASA AOMI
「もしかしたら大変なことに
なっちゃうかもしれないと思ったら――
止められなくなった」
碧海《あおみ》つかさ
校内で知らない者はいない美人生徒。
ミステリアスに見えるのは、
マイペースでいつも眠いから。
玲羅がカノジョなのは一部で有名。

狭《さ》山《やま》玲《れい》羅《ら》

元子役の高校生兼声優であり、つかさのカノジョ。
思い込みが強く感情的な反面、面倒見がいい。
つかさとは幼馴染みでもあり、過去を知っている。

「だから、つかさ……うちに戻って
もう一度話し合いましょう」

「ま、うちを頼ってくれるっていうのは
悪い気はしないねぇ………ホントに」

久《く》留《る》米《め》弓《ゆみ》莉《り》

自称清楚系なバスケ部所属の同級生。
ユキに強い感情を向けている。
清楚な部分は見た目ではなく根の真面目さ。

MY GUILTY FIRST LOVE
WITH ANOTHER GIRL'S GIRLFRIEND

Contents

(――あっ)
私は反射的に、公園の外にある街路樹
の影に隠れた。
見てはいけないものを見ている気がし
てきたからだ。
(ああ――あれって……!)
狭山《さやま》さんは碧海《あおみ》さんの手を握ったまま
背伸びをして顔を近づけると、唇を唇に
当てた。

「えっ……」

ベッドに横向きで寝た私の肩を押さえられて、私の体がぐい、と動かされる。仰向けになって、天井が見える。つかさは両手をベッドにつく形で、私の上に覆い被さってきた。

「ちょっと……」

「……ごめん」

何に対して謝っているのか、わからなかった。

わからないまま、つかさの顔がゆっくりと私の顔に近づいてくる。

つかさの顔は、キレイだった。

そのまま、つかさの唇が私の唇に向かって――。

彼女のカノジョと
不純な初恋
Akeo
イラスト　塩こうじ

プロローグ

誰《だれ》かを傷つけてまで自分の恋心《こいごころ》を優先する勇気は、私にはきっとない。

だから、道徳とか倫理《りんり》観とかそういう理由じゃなくて、私は絶対に浮気《うわき》をしないと思う。

初恋《はつこい》だってまだしていない私がこんなことを考えるようになったのには、複雑……でもないけれど、ちょっと厄介《やっかい》な事情がある。

「ねぇ、ユキ。駅ってどっちだっけ？」

「あっち。先週もつかさと行ったと思うんだけど」

渋谷《しぶや》の街中で訊《たず》ねてきた声に、ユキと呼ばれた私、拝島雪《はいじまゆき》は北東を指しながら答える。

返ってきたのは「そっか」という気の抜《ぬ》けた言葉で、私は心の中でため息をつく。

一緒《いっしょ》に歩いているこの女——碧海《あおみ》つかさがうちに居候《いそうろう》することになったから、私はこれまで意識したことないことまで考えるようになったんだ。

碧海《あおみ》つかさは、カノジョ持ちだから。

つかさの恋愛《れんあい》対象が女だけなのかとか、詳《くわ》しく聞いたことはない。けれども確かにつかさの恋人《こいびと》は女で、私も女である以上、私としては気にしないわけにはいかない。

どこまでが友人の範疇《はんちゅう》で、どこからが浮気《うわき》かって明確に線を引いたことがないからこそ、私は一々そういうことを考える羽目になった。

今日はつかさと一緒《いっしょ》に服を買ってご飯を食べて、今はその帰りだ。

私がつかさと一緒《いっしょ》にお出かけしていることを、つかさのカノジョはもちろん知らない。

この場合は——。

「はい違《ちが》う！」

「……？」

思わず声に出ていた私を、つかさが不思議そうな顔で見てきた。

友達と買い物に行くなんて、至極普通《しごくふつう》のこと。今日だって服を買いに行っただけだし、何も後ろめたいことはない。

「あ、ユキ、待って」

駅に向かうため早歩きしようとしたところで、つかさが私を引き留める。

日曜日の渋谷《しぶや》は人通りが多いから、ちょっとふたりの間に距離《きょり》が空くだけではぐれてしまうかもしれない。

そう思った時、私の手のひらにあたたかいものが重なった。

「あっ——」

つかさが私の手を握《にぎ》る。私の左手とつかさの右手が握《にぎ》り合って、手を繋《つな》ぐ格好になった。

一瞬《いっしゅん》立ち止まった私につかさは追いついてから、手を繋《つな》いだまま歩き始める。

恋人《こいびと》がいる女と手を繋《つな》いで街を歩く。これは——。

「違《ちが》う、これも違《ちが》う！」

「びっくりした」

ちょっと周りを見れば、女子同士で手を繋《つな》いでいる子はたくさんいる。その子たち全員が恋《こい》人《びと》同士ってこともなくて、よくある距離《きょり》感だってことは私もよく知っている。

しかもこれは、つかさと手を繋《つな》いではぐれないようにするための措置《そち》でもある。

つかさがカノジョ持ちだからって、私には全くもって後ろめたいところはない。

前にも同じようなことがあったし、その時も特別なことは何もなかった。

ここまでは私も浮気《うわき》じゃないって自信を持って断言できるし、正直に言えば、何度か自分の中で線を引いてきたことでもあった。

問題は、突然《とつぜん》起きることに対してどう判断すればいいかってことだ。

駅に向かっていると、ぽつり、と雫《しずく》が頬《ほお》に当たるのに気づく。

「あれ……雨？」

嫌《いや》な予感はすぐに的中して、はっきりと視認《しにん》できるくらいの雨に変わる。

「わー！　せっかく買った服が濡《ぬ》れる！」

近場に屋根がないかとちょっと進んだところで、ある看板が私の視界に入ってきた。

「あっ……」

私はつい、足を止めていた。頭のてっぺんに、雨粒《あまつぶ》が当たるのがわかる。

「休憩《きゅうけい》、六千円、から。宿泊《しゅくはく》……」

隣《となり》にいたつかさが、看板に書かれていた文字を読み上げた。

「わー！」

私は反射的に大きな声を出して、つかさの声に被《かぶ》せていた。

目の前にあるのは、ラブホテル。そういえばこの辺りは曲がり角をひとつ間違《まちが》えると、いわゆるホテル街に入ってしまう。

「ここで雨宿りするの？」

つかさは感情の読めない表情で、そう訊《たず》ねてきた。

「つかさは、ここがどういうところか知ってるの？」

「うん、ラブホテル」

「んー！」

眉《まゆ》も動かさず答えたつかさに、私は言葉にならない声で抗議《こうぎ》することしかできなかった。わかっているのに、なんで私に聞くのかって抗議《こうぎ》だ。

だってラブホテルの中ですることって言えば、それは……。

「わわ、わわわわわ……！」

知識でしか知らないから、私の頭の中にはイメージも浮《う》かばないけれど、とにかく恥《は》ずかしいという感情だけが強くなっていく。

その間も、私の脳天には雨粒《あまつぶ》がごつごつと当たり続ける。

「わたし、入ったことないけど、ユキが入ってみたいなら、いいよ？」

私は看板に目を向けたまま、つかさが言ったのを聞いていた。

つかさが言う「いいよ」という言葉の意味は、きっと多くのカップルがホテルの前で言う「いいよ」とは違《ちが》って、言葉以上のものではないとわかっている。

さて、ここで私に問題です。

今は雨が降っています。

私たちは女同士でただの同級生ですが、つかさにはカノジョがいます。

雨宿りをするためにラブホテルに入るのは、浮気《うわき》のうちに入りますか？

なんかネットで女子会プランっていうのがあるとか見たけど、それは未成年対象じゃないと思うし、でも何もしないなら友達同士での旅行と変わらない気もするし——って。

「やっぱダメ！　それはダメ！」

雨で濡《ぬ》れて焦《あせ》っていたせいか、一瞬《いっしゅん》頭の中がバグっていた。迷うこともなく、絶対ダメ。

私が言ったのを聞くと、つかさは微笑《ほほえ》んでから「じゃあ」と答えを切り出す。

「向かいにコンビニあるし、傘《かさ》買う？」

「ホントだぁ、早く言ってよう……」

「だって、ふふ、面白《おもしろ》かったから」

私は肩《かた》を落としながらそう呟《つぶや》いて、手を繋《つな》いだまま振《ふ》り返《かえ》ってすぐのコンビニへ向かう。

つかさと一緒《いっしょ》に暮らすことになってからは、こういう独り相撲《ずもう》が増えた気がする。つかさは何考えているかわからないし、私ばっかり浮気《うわき》なのかどうなのかって気にしてる感じ。

でも結局、わかってる。

一番大事なのは、恋愛《れんあい》感情があるかないかだと思う。

恋人《こいびと》がいても友達とルームシェアを続ける人って、普通《ふつう》にいるらしいし。交際と同棲《どうせい》がイコールではないことくらい、恋愛《れんあい》経験のない私だってわかる。

つかさのカノジョだって、気にしているのはつかさと私のどちらかに恋愛《れんあい》感情があるかどうかだろう。

その点においては、全く問題ないと断言できる。

私たちの同居生活は、お互《たが》いの利害の一致《いっち》によって成り立っているものに過ぎないから。

そこに恋愛《れんあい》感情が介在《かいざい》する余地はない。

「あっ……」

買ったばかりのビニール傘《がさ》を持った時、お互《たが》いの手が触《ふ》れ合《あ》い、私は不意に言葉をこぼした。

「どうしたの？」

「ううん、なんでもない」

つかさの手に触《ふ》れた私の手をずらそうかと逡巡《しゅんじゅん》したところで、やめた。

だって恋愛《れんあい》感情のないただの友達なら、今みたいなことで意識することなんて何もないのだから。そうあるべきなんだから。

「……うん、なんでもないよ」

私がもう一度繰《く》り返《かえ》して言うと、つかさは不思議そうな表情を浮《う》かべた。

ビニール傘《がさ》に入って歩きながら、思い出していた。

この生活が始まったのも、今日みたいな突然《とつぜん》の雨の日だったなってことを——。

1　捨て猫《ねこ》みたいなカノジョ

「うちの学校って、芸能人とのツテあるのかな?」

「いやまあ、あるんじゃない？　そういう噂《うわさ》も色々あるし。でも、仕事だったら高いんじゃね?」

「だよねぇ。学園祭の予算じゃ厳しいよねぇ……知らんけど」

――放課後。

私――拝島雪《はいじまゆき》の座っている席からちょっと離《はな》れたところで、クラスメイトたちが話しているのが聞こえてきた。学園祭は一体いつなんだろう。正直今の私は、それどころじゃなかった。

「ねぇ、拝島《はいじま》さん」

さっきまで向こうで話していたと思ったけれど、いつの間にかふたりは私の席の方まで寄ってきていた。

何部だったかは忘れたけれど、運動部のいわゆる陽のグループのふたりだ。

(――わっ！)

驚《おどろ》きを声に出しそうになって、どうにか引っ込めた。考え事に集中しているとつい、意識がそっちに飛んでしまう。

「拝島《はいじま》さんはどうする、これ?」

私が聞かれているのは、一枚のプリントについてだった。

さっきまでふたりが話していたのを聞いていたから、その内容は何となく予想がついていた。

「学園祭の実行委員会。五月末で一旦《いったん》募集《ぼしゅう》締《し》め切《き》りなんだって」

「わ……私はー……はは、まあ、うん」

はっきり断るのもなんか申し訳なくて、曖昧《あいまい》な返事になっていた。

しかしそうなると、結局私の意思は伝わらない。

「やってみたら意外と面白《おもしろ》いかもよ？　なんか人足りてないから、とにかく人数がほしいんだって。拝島《はいじま》さんって真面目そうだし、どう？」

「いやー、あはははは」

人が足りてないのはたぶん本当だろう。

困っていると言われるとつい考えてしまうけれど、さすがに私がやるのは厳しい。

「んー、でもさぁ」

「いやー、あはははは」

同じことの繰《く》り返《かえ》しが予想されたところで「あ、拝島《はいじま》！」と私を呼ぶ聞き慣れた声がした。

バスケ部所属の久留米《くるめ》弓莉《ゆみり》。私の貴重な友達だ。ほんのり染めた茶髪《ちゃぱつ》で、ブラウスのボタンはひとつ開けている。自称《じしょう》清楚系《せいそけい》だが、あくまで自称《じしょう》。私はそうは思わない。

弓莉《ゆみり》は私の様子を見て、何かを察したようだ。

「んー？　ああ、なるほどぉ」

（助かる！　ありがとう！）

この状況《じょうきょう》で弓莉《ゆみり》が来てくれたことに、反射的に心の中でお礼の言葉を告げていた。

「拝島《はいじま》、ちょっと聞きたいことあるんだけどぉ、こっち来てくれない？」

「う、うん！」

弓莉《ゆみり》の言葉を受けて、私は急いで荷物をまとめる。

いい口実を作ってくれた弓莉《ゆみり》に再び心の中で感謝を告げながら、私はふたりに「じゃあ」と声をかけた。

「ごめんっ、呼ばれたから、行くね。プリントだけもらって、検討しておく！」

「あいあい」

もらったプリントをしまいながら教室を出た私に、ふたりは揃《そろ》って返事をした。

すかさず弓莉《ゆみり》はふたりに手を振《ふ》って、

「ごめんねー。拝島《はいじま》借りてくー」

と言うと、ふたりは「うぃっすー」と慣れた調子で返した。

なんとなく、ふたりとも色々と察しているんだろうなって気はしたけれど、図書委員会の時も同じようなことがあったし、気にしないことにした。

「うちに言う時みたいに、はっきり言えばいいのに」

廊下《ろうか》を歩きながら、弓莉《ゆみり》はそう言ってきた。

弓莉《ゆみり》の率直《そっちょく》な言葉が胸に突《つ》き刺《さ》さりながらも、私は答える。

「それができれば苦労はしないって。弓莉《ゆみり》とはほら、積み重ねた時間があるじゃん」

「積み重ねた……時間……」

弓莉《ゆみり》は私の言葉をゆっくりと復唱する。

「そ。中三の時の塾《じゅく》から一緒《いっしょ》だもん」

「まぁ……ねぇ。内弁慶《うちべんけい》っていうのかな、拝島《はいじま》みたいなの」

「私だってちょっとずつ、できるようになるし。弓莉《ゆみり》がみんなに溶《と》け込むのが早いんだって」

弓莉《ゆみり》はどこか納得《なっとく》していない様子のまま「ま、いいや」と話題を切《き》り換《か》えた。

「拝島《はいじま》は、このまま帰る？」

「ううん、帰れない…………補習だ」

「あー、例の」

弓莉《ゆみり》が何に思い至ったのか、私もわかっていた。というかそれは、私の側の話なのだ。

「『赤点取ったらひとり暮らしは即終了《そくしゅうりょう》』だっけぇ？」

「…………うん。香織《かおり》さんと決めた条件。あんまり大きな声で言わないで、恥《は》ずかしいから」

私が周囲をきょろきょろしていると、弓莉《ゆみり》は「ごめんごめん」と手を合わせた。

うちの学校——に限らず高校生で寮《りょう》でもなくひとり暮らしは珍《めずら》しい方だし、目立つのは避《さ》けたいのだ。色々聞かれるのも嫌《いや》だし。

「──で、中間試験の場合は補習を受けたら赤点がチャラになるんだっけ？」

「そう。中間で私は赤点を三科目も取っちゃったけど、交渉《こうしょう》の末『最終的に赤点が残っていたらひとり暮らしは終了《しゅうりょう》』ってことにしてもらったの」

「うわ……」

「何、その目」

「『中間試験ってそんなに難しくなかったはずだし、先が思いやられ過ぎない？』って目」

「……丁寧《ていねい》な解説どーも」

実際、私自身そんなことはわかっている。

うちの学校──私立櫻桐《おうとう》女子高校では、学年の終わりに三科目以上の赤点が存在していると留年の危機らしいが、中間も期末も救済措置《そち》がある。

「ちゃんと補習受けて免除《めんじょ》になるなら、実質赤点ゼロだから。昨日二科目受けたから、今日も受ければ実質赤点ゼロ」

「物は言い様だねぇ。っていうか、さっきも今くらいはっきり主張すれば良かったのに」

「……ぐぬぬ、いいでしょ、その話は」

「ま、うちを頼《たよ》ってくれるっていうのは悪い気はしないねぇ…………ホントに」

「しみじみ言うなし」

「えへへ、確かに。じゃ、うち部活行くから」

そんな話をしながら、私は廊下《ろうか》の先の階段まで弓莉《ゆみり》を見送った。

私はこれから引き返して教室で補習、弓莉《ゆみり》はバスケ部の練習のため体育館へ向かうことになる。

「じゃー拝島《はいじま》、頑張《がんば》ってね」

「弓莉《ゆみり》も。また明日」

私がそう言うと、弓莉《ゆみり》は階段を勢いよく下りていった。

私は補習を受けるため所属するB組ではなく、D組の教室へと入っていくのだった。

平日は基本的に六限までだから、五月最後の金曜日である今日も六限までが通常の授業時間だ。

私が対象になっている古文の補習は八限目だから、結局D組の教室で一時間近く待っていた。

弓莉《ゆみり》の言っていた通り一年の中間試験は難易度が高くないはずなので赤点を取った人も少ないようで、開始一分前になっても教室には私ひとりしかいなかった。

（……マジか）

晴れやかな天気とは対照的に、すかすかの教室が寒々しかった。

「じゃあ、始めるよー」

古文の棚坂《たなさか》先生が教室に入ってくる。

二十代後半くらいの女性教師で、ベージュのスーツをビシっと決めている。

「あれ、もうひとりいたはずだけど」

棚坂《たなさか》先生は、出席簿《しゆっせきぼ》を開きながらそう言った。

(あ、もうひとりいたんだ)

とほっとしたのも束《つか》の間《ま》、来ていないなら変わらない。

補習をサボるのは赤点を残すことになるから、勇気がいる行為《こうい》だと思う。

「んー、まあ始めようかー。えっと、B組の拝島雪《はいじまゆき》さん。教えるのは初めてだけど、マンツーマンだからきっちりできるね」

棚坂《たなさか》先生は、出席簿《しゆっせきぼ》を閉じて私の方に視線を向けた。

先生とふたりだけの補習なんて罰《ばつ》ゲームだって思っていたら、ガラガラと教室のドアが開く音がした。

「あれ、もう始まってたんだ」

とぼけた声を出して、補習の対象となっているもうひとりが教室に入ってきた。

(──碧海《あおみ》つかさ………さん!)

碧海《あおみ》さんは確かD組だったはず。つまり、このクラスだ。

彼女は校内で有名人だから、なんとなくクラスも覚えていた。

高めの身長で顔が小さくて首が長くて、手足も長くて、何より顔がいい。キリっとした目が特徴《とくちょう》的な顔立ちは格好良い系の美人で、クールな雰囲気《ふんいき》も相まって、女子高であるうちの中でもアイドル扱《あつか》いされる程《ほど》だ。

ブラウスのボタンも当たり前のようにふたつ外して、黒の下着と胸元《むなもと》がちらっと見えている。

そのラフさが、碧海《あおみ》さんのどこかミステリアスな雰囲気《ふんいき》と合っている。

「碧海《あおみ》は相変わらず遅刻《ちこく》かー……まあ、遅刻《ちこく》とはいえ来たことを評価すべきなのかね。はい、とっくに始まってるから、早く席につきなねー」

「うん」

D組の古文担当は棚坂《たなさか》先生だったはずだから、碧海《あおみ》さんとは顔見知りのようだ。どうやら遅《ち》刻《こく》の常習犯で、タメ口を指摘《してき》しないあたり先生も色々諦《あきら》めているということだろう。

成績がいいという噂《うわさ》を聞いたこともあるから、補習を受けているのは意外だった。

「えっと、ここがいいかな」

(えっ……隣《となり》……っ!?)

教室の席はあと三十席以上空いているのに隣《となり》に座るというのにちょっと驚《おどろ》いた。

「ん、しょ」

碧海《あおみ》さんは、私の隣《となり》に自分の机を移動させてくっつける。

教科書に視線を向けている私の顔に、自分の顔をぐっと近づけた。長いまつげの一本一本がしっかり見えるくらいの距離《きょり》。ほんのり塗《ぬ》られたアイシャドウで強調された瞳《ひとみ》が近い。

（ひっ！　近っ！）

私は思わず身を引いていた。

間近で見る碧海《あおみ》さんの顔の造形は同じ人類とは思えなくって、変な声が出そうにもなった。

「な、なに？」

「教科書とノートとシャーペンと消しゴムとマーカー貸して」

「えっ、全部じゃん」

「あー、ふふ、確かに」

碧海《あおみ》さんは、やけに堂々とした口調で言った。やっぱり彼女みたいな立ち位置の子は、忘れ物程度じゃ恥《は》ずかしがったり悪びれたりしないのだろう。

予備のシャーペンと消しゴムを渡《わた》して、ノートはメモ帳を一枚ちぎって渡《わた》して、マーカーは私が普段《ふだん》使わない青色を渡《わた》した。

教科書はさすがに一冊しかないので、くっつけた机と机の真ん中に開いて置いて、お互《たが》いに覗《のぞ》き込む姿勢になる。

私は（小学生みたいだな）と心の中で呟《つぶや》いた。

「はい、じゃあ教科書の五十四ページからなー。えっと、習ったことあるかもしれないけど、

まず百人一首というのは古文の表現の基本を――」

棚坂《たなさか》先生はこちらを見て状況《じょうきょう》を察したのか、何も言わずに授業を始めた。

今回のテーマは百人一首を軸《じく》に文法を学んでいくというものだったのだが――。

「すー……」

(もう寝《ね》てる、なんなんだこの子)

隣《となり》にいる碧海《あおみ》さんは、小さな寝息《ねいき》を立てながら船を漕《こ》いでいた。

授業が始まってまだ十分くらいなのに、しっかりと目をつむっていた。

ふたりしかいないこの状況《じょうきょう》で寝《ね》るのは、私からすると正気の沙汰《さた》とは思えない。

(美人って、寝顔《ねがお》も美人なんだな)

無防備な姿は、クールな雰囲気《ふんいき》とは違《ちが》ってどこかあどけなさもあった。

いつか友人の弓莉《ゆみり》に撮《と》られた、口を半分開けて寝《ね》ている私の顔とは大違《おおちが》いだ。全部がいいように変換《へんかん》されるんだから、やっぱり顔がいいって得過ぎる。

(あっ……!)

私は余計なことを考えていて、意識が授業の方に全く向いていなかったことに気づく。板書がいつの間にか進んでいて、どういう流れで何が書かれているのかわからなくなってしまった。

「よーし、じゃあこの意味を表している句はどれかわかるかな?」

と板書の進みに追いつく間もなく、棚坂《たなさか》先生は私に質問をしてきた。

「拝島《はいじま》ー、拝島雪《はいじまゆき》さーん。どう？」

「あっ、えっと……」

「聞いてなかったんなら、出席扱《あつか》いにはできないぞ～？」

「……や！　その、えっと、ここは……」

先生の言葉は冗談《じょうだん》かのようにも聞こえたけれど、私の焦《あせ》りを加速させるには十分だった。

質問を理解しようとすればするほど、頭の中で思考がぐるぐるしてそれ以上の言葉が出なくなってしまう。

「ん」

そんな私の手を、碧海《あおみ》さんが突然《とつぜん》、握《にぎ》ってきた。

（ひっ！）

いきなり触《さわ》られてびっくりして、声が出そうになるのを堪《こら》える。碧海《あおみ》さんは指でノートを叩《たた》いて私の視線を向けさせると、さらさらと整った字で何かを書き始める。

「た……玉の緒《お》よ　絶えなば絶えね　ながらへば　忍《しの》ぶることの　よわりもぞする」

私はノートに書かれた文字をたどたどしく読み上げた。

どうにか先生には伝わったみたいで、棚坂《たなさか》先生はちょっと驚《おどろ》いた表情を浮《う》かべた。

「おお、やるね拝島《はいじま》。これがわかるのに赤点なのは、中間の問題はよっぽど相性《あいしょう》が悪かったのかな。で、この句で重要なのは『絶えなば絶えね』という言葉の使い方で——」

（なばなば？　ねばねば？）

先生はその後も、この句で使われている文法について解説を続けた。私は自分で答えたわけではないので、やっぱり先生がどんな説明をしているのかはわからなかった。

私にとって重要なのはひとつの事実。

（碧海《あおみ》つかさに、助けられた）

感謝を告げようと目を向けると、さっきまでと同じようにまた目をつむって体を前後に揺《ゆ》らしていた。

「おい碧海《あおみ》、寝《ね》るな～。寝《ね》てると欠席扱《あつか》いにするぞ」

「ふぁーい」

今度はちゃんと、寝《ね》ているところを注意されていた。碧海《あおみ》さんは声をかけられるとしばらくの間は目を開けていて、三分くらいするとまた目をつむった。

補習が終わるまでの約二十分、碧海《あおみ》さんと先生は、このやり取りを五回は繰《く》り返《かえ》していた。

「はーい、お疲《つか》れ様《さま》。これでふたりとも古文の赤点はチャラ。ただ期末は赤点とると補習じゃなくて再試だから、ちゃんと勉強するんだぞ。先生に余計な問題作成を……じゃなくて、日々の勉強が大事だからね！」

授業時間が終わり棚坂《たなさか》先生はそう念押ししてから、教室を去っていった。

（終わった）

途中《とちゅう》にはどうなることかと思ったけれど、無事補習は終わった。

「あの、ありがと」

私は荷物を片付ける手を止めて、授業中に伝えられなかったお礼を伝えようと声をかけた。

――が。

「ん？」

とイマイチ意図が伝わっていないような返事がくるだけだった。

「じゃ」

碧海《あおみ》さんは荷物を片付けもせず――それは元から手ぶらだったから当たり前なのだが――机を元の位置に戻《もど》してから教室の入り口に立って扉《とびら》を開けた。

「あ」

扉《とびら》を開けてから、思い出したように私の方を振《ふ》り返《かえ》る。

「色々貸してくれて助かった。ふふ、ありがと」

碧海《あおみ》さんは、微笑《ほほえ》みを浮《う》かべて言った。

教室から出て行く時にひるがえった長い髪《かみ》は、一本一本がきめ細かく、光を反射しているようにも見えた。

（なんだったんだ）

私にしてくれたくらいのことは、碧海《あおみ》さんにとっては取るに足らないこと過ぎて、覚えてもいないのだろうか。

どちらにせよ碧海《あおみ》さんに言われたお礼の一言には、余計なことは全部吹《ふ》っ飛《と》んでしまう奇《き》妙《みょう》な説得力があった。

そういえば棚坂《たなさか》先生が私に言ったことではあるけれど、碧海《あおみ》さんはなんで赤点を取ったのだろう。私が答えを教えてもらったものだけでなく、その後何度か先生に指された時も、寝起《ねお》きですぐ解答できていた。

補習中の様子からすると、テスト開始直後に寝《ね》てしまったとか、そういう理由かもしれない。

（なんか疲《つか》れたな）

この学校には色んな人がいるってことで考えるのをやめて、私は教室を後にした。

補習が終わった私は、コンビニで買ったアイスコーヒーを飲んでから、帰路についた。

気づけば十九時近くになっていて、オレンジと紫色《むらさきいろ》が深く混ざり合う、薄暗《うすぐら》い夏の夕焼け空の下を歩いていた。

いつもより帰りが遅《おそ》くなった理由を、自分ではっきりわかっている。

親代わりの香織《かおり》さんとアプリで交《か》わしたメッセージが原因だ。

『――中間試験の赤点が免除《めんじょ》になったのはわかりました。けれどもあくまで救済措置《そち》を利用したものですから、期末試験はそうはいきません』

補習を終えた報告への返事が、これだった。これでも、前半に散々お叱《しか》りの長文があった後の、結びの文だ。お疲《つか》れ様《さま》とかそういう労《ねぎら》いの言葉はなく、期末試験への圧力をただただ感じていた。

『遊びの時間を作るためにひとり暮らしを許可しているわけではありません。そのことを常に意識して自分の行動を日々省《かえり》みるようにしてください』

そして、このメッセージも連投されていた。

――私に、家にいてほしくないくせに。

心の中で思うだけで、決してそんなことは面と向かってはもちろんメッセージですら言えない。返事は決まって「はい、わかりました」とそれだけだ。

「……………当然だよね」

ひとり暮らしをさせてもらっているということは、お金も出してもらい手続きもしてもらっているということ。そんな私が、偉《えら》そうなことを言っていいはずがない。

メッセージに返事をした後、私はしばらく駅の周りをふらふらしていた。本屋さんを見たり雑貨屋さんに寄ったり、なんとなくざわざわした気持ちを家に持ち帰りたくなくて、時間を潰《つぶ》していた。

香織《かおり》さんから連絡《れんらく》が来ると、いつもこうだった。気持ちが落ち着かないまま家に帰ったら、なんだかわからない気持ちが溢《あふ》れて、泣いてしまいそうになる。

結局、多少気持ちがマシになったくらいで、私は下を向いたまま家までの道を歩いた。

私がひとり暮らしをしているマンションは、駅を挟《はさ》んで学校の反対側にある。ゆっくり歩いて二十分くらいの道を、いつもの通り歩いていた。

学校が駅の北側で、うちは南側。だから駅を通り過ぎて南側に行くと、櫻桐《おうとう》の生徒は一気に少なくなる。

南側はお店も少なく、どちらかと言うと住宅街だ。途中《とちゅう》にはのどかな公園もあって、静かな街並みは私にとってすごしやすい。

(あれ、うちの生徒……?)

その公園に、見慣れた制服の人影《ひとかげ》をふたつ見つけた。

ひとりは、ちょっと前まで一緒《いっしょ》に補習を受けていた相手、碧海《あおみ》つかさだった。

もうひとりの方も、見たことのある生徒だった。

——狭山玲羅《さやまれいら》。碧海《あおみ》さんと同様に、うちの高校の有名人だ。顔が小さくて、通った鼻筋は高く、目も大きい。碧海《あおみ》さんよりは少し背が小さくて、可愛《かわい》い系の美人って印象だ。

噂《うわさ》でしか知らないけれど、元々子役で、今も高校生ながら声優の仕事をしていると聞いたことがある。

櫻桐《おうとう》の誇《ほこ》る二大美人と言ってもいいだろう。

そのふたりが公園に揃《そろ》っていて、真剣《しんけん》な顔をして向き合っていた。

現実離《げんじつばな》れしている程《ほど》に顔のいいふたりだから、まるでドラマの撮影《さつえい》かと見紛《みまが》うような光景だ。

けれど当然、スタッフもいないし撮影《さつえい》機材なんてどこにもない。

主に話しているのは、狭山玲羅《さやまれいら》の方だった。どんな話をしているのかは聞こえないけれど、ただの世間話ではないような雰囲気《ふんいき》だった。

(──あっ)

私は反射的に、公園の外にある街路樹の陰《かげ》に隠《かく》れた。

見てはいけないものを見ている気がしてきたからだ。

狭山《さやま》さんは碧海《あおみ》さんの手を両手でそっと握《にぎ》る。友達同士で手を繋《つな》いで歩くのとは異質の──補習中に私の手を握《にぎ》ったのとも全く異質で──もっと親密さを感じる握《にぎ》り方だった。

けれども見てはいけないと思った理由は、その後の行動の方だった。

(ああ──あれって……！)

狭山《さやま》さんは碧海《あおみ》さんの手を握《にぎ》ったまま背伸《せの》びをして顔を近づけると、唇《くちびる》を唇《くちびる》に当てた。

(キ……キスっ……！　女同士で──ってことは、友達以上ってことだよね、たぶん……！)

偏見《へんけん》はないつもりだけど、同級生同士がキスをしているって不意打ちで、さすがに驚《おどろ》きと同時に言いようのない恥《は》ずかしさを覚えていた。

　昼と夜の狭間《はざま》の怪《あや》しげな光を浴びたふたりはとても綺麗《きれい》で、本当に映画のワンシーンのようにも見えた。

　一分くらいして、狭山《さやま》さんは背伸《せの》びをやめながらゆっくりと唇《くちびる》を離《はな》した。キスをしたことがない私は、それが長いのか短いのかわからない。

　唇《くちびる》を重ねている間、狭山《さやま》さんは息を止めていたのだろう。小さく息を吐《は》いた後、短い呼吸を繰《く》り返《かえ》していた。かすかに赤くなった頬《ほお》と荒《あら》い息が、狭山《さやま》さんの持っている可愛《かわい》いというイメージとは対照的に、すごく大人びて見えた。

　キスをされた側の碧海《あおみ》さんは、一瞬《いっしゅん》だけどこか戸惑《とまど》ったような表情を浮《う》かべていたけれど、キスをされている間はずっと目をつむっていて、何を考えているのかわからなかった。

　顔が離《はな》れた碧海《あおみ》さんは、ゆっくりと目を開く。教室で見るのとは全く違《ちが》って、どこか悲しそうに目を細めていた。

　その表情を覆《おお》い隠《かく》すように、狭山《さやま》さんはもう一度背伸《せの》びをしながらキスをした。今度は、十秒にも満たない時間のキスだった。

　ふたりとも、公衆の面前であることなんて一切《いっさい》気にしてはいない様子だった。

　狭山《さやま》さんは一部界隈《かいわい》では有名人らしいし、こんなところを撮《と》られたら話題に……っていうか炎上《えんじょう》するかもしれない。碧海《あおみ》さんだって——いや、ふたりとも同じだけど——学校の先生に見られたら注意、下手したら何かの校則に引っかかって停学になるかもしれない。

(でもふたりともすごく、真剣《しんけん》だ……)

キスをするカップルにしては、重過ぎる。そして、切な過ぎる。

狭山《さやま》さんはゆっくりと、握《にぎ》った手も離《はな》す。

(あ、やばっ……)

どんな話をしているのかわからないけれど、なんとなく、公園からは移動しそうに思えた。

あんな様子をこれ以上のぞき見ているのも申し訳ないし、私はふたりに決して見られないように、遠回りをして家に帰ることにした。

音を立てないように慎重《しんちょう》に、街路樹と塀《へい》で身を隠《かく》しながら進む。

少なくとも、私からふたりの姿が見えなくなるまではまだ、公園で向かい合っているままだった。

補習での碧海《あおみ》さんとの一件も、香織《かおり》さんとのメッセージも、今はもうふたりのキスの映像に上書きされてしまった。

そして狭山《さやま》さんが泣いているように見えたことが家に帰ってもずっと、私の頭の片隅《かたすみ》には残っているのだった。

翌朝の土曜日、私はいつも通り登校し、四限までの授業を終えて放課後を迎《むか》えていた。

授業中も何度か昨日の夕方に見た光景を思い出していて、どこか集中できていなかった。

碧海《あおみ》つかさと狭山《さやま》玲羅《れいら》のキス。

目の前で人がキスをしているところを見るなんて初めてで、思い出すと何故《なぜ》か今も心臓がドキドキしてしまう。

「拝島《はいじま》、今日なんかぼーっとしてない？」

「え……ええっ⁉」

私に声をかけてきたのは、友人の弓莉《ゆみり》だ。

午前授業の土曜日は、午後からバスケ部の練習に行く弓莉《ゆみり》と一緒《いっしょ》にお弁当を食べるのがお決まりになっている。

高校に入学してから大体二ヶ月くらい経《た》ち、グループも固定化されてきた中で、私が話す相手はほとんどが中三の時に塾《じゆく》で知り合った弓莉《ゆみり》だった。

中学の頃《ころ》は名前で呼ばれていたけど、高校に入ったらいつの間にか苗字《みようじ》呼びに戻《もど》っていた。

「……ねぇ拝島《はいじま》、なんでそんなそわそわしてんの？」

「うっ！」

机の上を片付けずに、シャーペンをカチカチノックしたり、消しゴムのカバーをつけたり外したりしているのだから、そう指摘《してき》されても無理はないだろう。

落ち着きがない原因は昨日見た光景なわけだけれど、あくまで碧海《あおみ》さんと狭山《さやま》さんのプライベートなことだし、言っちゃいけない気がしていた。

「えっと、碧海《あおみ》さんって知ってる？」

でも黙《だま》っているのも無理だった。

「D組の碧海《あおみ》つかささんだよね？　うん、知ってる知ってる。っていうか、知らない人いないと思うけどぉ。少なくとも一年の中だと、死ぬほど美人で有名なわけだしぃ」

「死ぬほどって……ちょっと大げさだけど、まあわかる」

「なんで碧海《あおみ》さんのことぉ？」

「いや、色々あって。あ、あと狭山《さやま》さんって知ってる？」

「A組の狭山玲羅《さやまれいら》さん？　狭山《さやま》さんも、知らない人たぶんいないと思うけどぉ――って、そのふたり並べたってことは、もしかしてぇ……」

「え、いや、その」

弓莉《ゆみり》に言われた私は、思わず動揺《どうよう》してしまっていた。

この流れなら、もしかしての先に続く言葉はもうなんとなく想像がつく。

「……ふたりが付き合ってるって話？」

弓莉《ゆみり》はわざとらしく口元に手をかざして、小声で訊《たず》ねてきた。

「弓莉《ゆみり》、知ってるんだ」

「っていうか、それも有名。目立つふたりだから、ソッコー噂《うわさ》になってたよ？」

「そうなんだ。私、そういう話あんまり興味ないから、知らなかった」

「そう言われると、うちがゴシップ好きみたいで何か嫌《いや》だけど、間違《まちが》ってないかぁ」

弓莉《ゆみり》は一息ついてから、続ける。

「碧海《あおみ》さんと狭山《さやま》さんが付き合ってるって噂《うわさ》、学校始まってすぐ流れたよ。で、どっかの誰《だれ》かが直接聞いたってのも、噂《うわさ》で聞いた」

「そうなんだ、じゃあやっぱりホントなんだね」

「うちが直接聞いたわけじゃないけど、高確率でマジ。ふたりは幼馴染《おさななじ》みで、しかも同棲《どうせい》してるんだって。親の都合とか、その辺は全然知らないけど」

知らないと言いつつ、やっぱり弓莉《ゆみり》は詳《くわ》しいと感じた。

もっとも、学校でのそういう話に関して、私が疎《うと》いのはそうだと思う。中学の頃《ころ》も、私自身はもちろん、周りの恋愛《れんあい》事情も全然知らなかったし。

私が興味なさ過ぎて、相談どころか話もしないっていうのはあるかもだけど。

「……で、下世話な話に興味ない拝島《はいじま》が、どうしてふたりの話をしたのぉ？」

「もうっ、嫌味《いやみ》言わないでよ」

「あはは、ごめんって」

弓莉《ゆみり》は私がむっとして答えると、悪戯《いたずら》っぽく笑う。弓莉《ゆみり》は自称《じしょう》清楚系《せいそ》だけれど、こういう表情を見るとやっぱり清楚《せいそ》系っていうよりかはちょっとギャル寄りだと思う。

私は「言いにくいんだけど」と話を再開する。

ふたりのプライベートなことだから黙《だま》ってようと思った気遣《きづか》いは、ものの数分で消え去った。

まあ、公共の場所である公園でキスしてたふたりにも問題あると思うし、弓莉《ゆみり》はこういう話を聞くのは好きでもむやみに言いふらさないと知っているので、大丈夫《だいじょうぶ》だろう。

「――マジ？」

昨日の夕方に公園で目撃《もくげき》したキスシーンについて伝えると、弓莉《ゆみり》は目を丸くして聞き返してきた。

「うちも、さすがにキスしてるとこ見たって話は初めて。ふたりが付き合ってるって噂《うわさ》が立ったのって、手ぇ繋《つな》いでるとか距離《きより》が近いとか放ってるオーラとか、それくらいだったしぃ」

「やっぱ、そうだよね、うん」

「碧海《あおみ》さん……は何考えてるかわかんないけど、狭山《さやま》さんって結構しっかりしてる感じするし、いつでもどこでもイチャついてるわけじゃないみたいだし……昨日はよっぽどの何かがあったんじゃないかなぁ」

私は、狭山《さやま》さんが泣いているように見えたことは、話さないでおいた。確証がないし、ここまで話したとはいえ、そのことまでも話すのは申し訳ない気がしたのだ。

けれども、弓莉《ゆみり》の言葉からしても、昨日見た一場面は普通《ふつう》のことじゃないっていうのはよくわかった。

「あの、弓莉《ゆみり》。この話、他の人には言わないでね。何かあったなら、余計に噂《うわさ》にされたくないだろうし」

「もちろん。でも、見られたのが拝島《はいじま》で良かったよね。他の子が見てたらと思うと……だいぶやべー」

「確かに。でも駅の南側だったし、駅から近いって言っても用事がなきゃ行かない場所だし、時間も遅《おそ》かったし、ふたりも同じ学校の生徒が来ることは想定してなかったんだと思う、さすがに」

「拝島《はいじま》がそっち側でひとり暮らししてるなんて、知らないだろーしね」

「うん、そういうこと」

「それで……あのさ」

噂話《うわさばなし》に食いついてきた時とは少しトーンの違《ちが》う声で、弓莉《ゆみり》は続ける。

「拝島《はいじま》はどう思った?」

「どうって?」

質問の意図がわからなかったので、私は聞き返していた。

弓莉《ゆみり》は一呼吸置いてから、再び口を開く。他人の恋愛《れんあい》事情に関する話だからか、慎重《しんちょう》に言葉を選んでいるようにも見えた。

「女同士で付き合ってること、どう思う？」

予想していた質問と少し違《ちが》ったので、私は一瞬《いっしゅん》、言葉に詰《つ》まる。

弓莉《ゆみり》は私が答えに詰《つ》まったことを察したのか、すぐに次の言葉を口にした。

「ごめんごめん、今する話じゃないよねぇ。いきなり変なこと聞いちゃった」

「別に、いいけど。私、恋愛《れんあい》したことないし、特に意見はないっていうか、わかんないっていうのが正直なとこだし。でも、偏見《へんけん》とかはないかも。ふたりともお互《たが》いに好きなら、それで」

「…………そっか」

妙《みょう》に間をあけてから、弓莉《ゆみり》はそう答えた。

弓莉《ゆみり》は時々、こういうテンションになることがある。

らしくないなと思う一方で、詳《くわ》しく聞いたことはないけれど、恋愛《れんあい》に対して何か思うことがあるのだろう。

私は話を戻《もど》す意味も込《こ》めて、碧海《あおみ》さんたちに対して思ったことを口にした。

「あーでも、人が来ないとはいえ、イチャつくなら家の方がいいんじゃないかなとは思うよ」

「あははー、それはマジぃ」

答えた弓莉《ゆみり》は、いつも通りに戻《もど》っていた。

「まあうちとしては、ふたりの恋愛《れんあい》事情は詳《くわ》しく聞いてみたいけど」

「え、なんで？」

「いやだってさ、普通《ふつう》に気にならない？　うち、他人の恋愛《れんあい》の話聞くの好きだよぉ、えへへ。ネットでつい色々見ちゃうしぃ。それに高校生で同棲《どうせい》してるとか、やばいじゃん」

「確かに珍《めずら》しいけど……私もひとり暮らししてるから、珍《めずら》しい側だしなぁ」

「そういえば拝島《はいじま》の家、まだ行ったことない！」

「いや、来ても楽しいこととか何もないよ、ホント……」

「行くだけで楽しいんだって」

「そうなの？」

「……荒《あ》らせるしぃ」

「おい。最後のが本音でしょ」

「……うん、そうそう」

「なんか歯切れ悪いなぁ」

お弁当を食べ終わった後も、ふたりで他愛のないおしゃべりをしていた。そして弓莉《ゆみり》の部活の時間になったら私は帰宅する、というのが土曜日のルーチンになっていた。

「じゃ、行ってくる！」

「いってらっしゃーい」

下駄《げた》箱まで一緒《いっしょ》に歩いて、体育館へ向かう弓莉《ゆみり》を見送った。

弓莉《ゆみり》に話してすっきりしたからだろう。帰り道を歩く頃《ころ》には、昨日見た衝撃《しょうげき》的な光景はほとんど思い出さなくなっていた。

(やっちゃったなぁ)

私はスーパーからの帰り道、頰《ほお》の一点に落ちた雫《しずく》に冷たさを感じながら、そう呟《つぶや》いていた。

学校から帰った後、試験も補習も終わったせいで思い切り気が抜《ぬ》けて夜まで動画を見ていたところ、紹介《しょうかい》されていたレシピが美味《おい》しそうだったので、今日のご飯はオムライスにすることに決めた……はいいものの、肝心《かんじん》の卵を切らしていたので急遽《きゅうきょ》買い物へ。

結果、頰《ほお》に感じた雫《しずく》はすぐに連続的になって、頭のてっぺんを強く打ち付ける程《ほど》のざあざあ降りに変わった。

買い物に行くために着たラフなシャツには、雨水が遠慮《えんりょ》なしに浸透《しんとう》してくる。

(とりあえず雨宿りしなきゃ)

視界の端《はし》に緑が多い場所——小さな神社が目に入る。よくある地元密着の小さな神社だ。あそこには確か屋根のある場所があったから、雨宿りはできるはず。

(ああ、また雨脚が強くなってきた)

他にいい場所を探している余裕《よゆう》もなく、私は急いで神社の境内《けいだい》に足を踏《ふ》み入《い》れ、東屋《あずまや》を目指して走る。

「——あ！」

雨宿りの先客がいたことと、その先客——びしょ濡《ぬ》れのまま木のベンチの上で体育座りをしている相手に見覚えがあることの両方に驚《おどろ》いて、思わずその名前を口にしていた。

「——碧海《あおみ》つかさ……さん……」

目の前にいたのは補習を一緒《いっしょ》に受けた同級生で、狭山《さやま》さんの「カノジョ」だった。

「あの……」

碧海《あおみ》さんは雨音が強いせいか私が呼びかけたことに気づいていないようで、ずっと下を向いたままだった。

「なにこれ」

私は碧海《あおみ》さんの横に水に濡《ぬ》れた段ボールが一枚置かれているのに気づく。

段ボールには『拾ってください』という大きな文字が書かれていたのだ。

漫画《まんが》とかでよく見る、段ボールに入った捨て猫《ねこ》に添《そ》えられている札みたいなものだ。油性マジックで書いたのだろう、雨で紙は大分崩《くず》れていたけれど、文字は滲《にじ》んでいなかった。

見れば、碧海《あおみ》さんは制服のままだった。

「この段ボールのこと？　公園にいたんだけど、雨降ってきて。公園に屋根ないから、落ちてた段ボールを傘《かさ》代わりにして、ここ来た」

言われてみると、雨の中を走った割に濡《ぬ》れているのはブラウスの胸のあたりくらいで、何かを傘《かさ》代わりにしていたっていうのがわかる。

「くちゅん」

そんなことを考えていたら、自然とくしゃみが出てしまっていた。濡《ぬ》れた服に体温を奪《うば》われて、さすがに体が冷えてきている。

「とりあえず、こっち来なよ」

「………うん」

碧海《あおみ》さんに促《うなが》されて、私は屋根の下に入り、碧海《あおみ》さんの正面に座った。

雨はまだしばらく止《や》みそうにないし、着替《きが》えも持っていないし、しばらくはこのびしょ濡《ぬ》れのままで我慢《がまん》しなくちゃいけないだろう。そう思った矢先。

「……寒そ」

「――えっ」

碧海《あおみ》さんはいきなり、正面に座る私に手を伸《の》ばし、シャツのボタンに手を添《そ》えてきた。そのまま、上からボタンをひとつずつ外してくる。

「え、ちょ、待っ――」

私は反射的に体を引いていた。

下にはキャミも着ているけれど、そういう問題じゃない。

私の反応を見て、碧海《あおみ》さんはかすかに首を傾《かたむ》けながら言った。

「どうしたの？」

「どうしたって、それはこっちのセリフだけど？　なんで私のシャツのボタン、外そうとしたの？」

「だって、濡《ぬ》れてるから。そのままだと風邪《かぜ》引いちゃうよ？」

「いや、いやいや。確かに今日はそんな寒くないから、濡《ぬ》れてるシャツなら脱《ぬ》いだ方がマシかもしれないけど……」

「ふふ、じゃあこうしよ」

碧海《あおみ》さんは微笑《ほほえ》みながらこう言った。

そして今度は、自分のブラウスに指をかけて、ボタンを外し始めた。

ためらいのない動きで、すぐに前が全開になる。肩《かた》を一度上下させると、ブラウスはすとんと彼女が座っているベンチの上に落ち、体をよじって袖《そで》を抜《ぬ》いた。

「んっ………」

シンプルなデザインながら細かく装飾《そうしょく》の入ったブラが、今度は全部見えた。

暗い中でも、肌《はだ》の白さはよくわかった。肩《かた》から引き締《し》まった腰《こし》にかけてのラインは芸術的な程《ほど》かもしれない。

凝視《ぎょうし》しているとこっちが気恥《きは》ずかしくなりそうで、私はつい目を逸《そ》らした。

「……なんで、目を逸《そ》らすの？」

「ひっ！」

碧海《あおみ》さんは私の耳元でそう囁《ささや》いた。

視線を外していたから不意打ちで耳に息がかかり、変な声が出てしまった。

「……なんで？」

「ひんっ！」

碧海《あおみ》さんは耳元に唇《くちびる》を近づけたまま、ゆっくりと言った。吐《は》いた息が熱く感じる。唇《くちびる》が触《ふ》れてしまいそうだってわかる。

耳に触《ふ》れた吐息《といき》の刺激《しげき》が、ぞくぞくと全身を駆《か》け巡《めぐ》る。反射的に肩《かた》に力が入って、身をよじってしまっていた。

「ちょっと……二回目はわざとでしょ」

「ふふ、面白《おもしろ》かったから。震《ふる》えてるし、やっぱり冷えてきてる」

半分くらいまでボタンを外されたシャツを再び着ようとしたが、一度脱《ぬ》いでしまうと濡《ぬ》れているのが気になって、ボタンを留める手が無意識にもたついていた。

「濡《ぬ》れてるのもう一回着るの、嫌《いや》じゃない？　それに、キャミまで濡《ぬ》れてる。だからこれ……わたしの着て」

「えっ……えっ……！　いや、さすがにそれは……っ」

「はい、ばんざーい」

碧海《あおみ》さんはそう言ってから、私のシャツだけでなく、キャミも脱《ぬ》がしてきた。恥《は》ずかしい、わけわかんない、そういう感情が渦巻《うずま》いていたけれど、相手は女子だしちょっとだけ話したこともある同級生の碧海《あおみ》さんで怖《こわ》くはないし、濡《ぬ》れているのはやっぱり不快だったから、抵抗《ていこう》するのは諦《あきら》めた。

けれど――。

「きゃっ！」

「大丈夫《だいじょうぶ》。誰《だれ》も来ないよ、この雨じゃ」

「そうじゃなくって……うう、ううううぅ」

雨に濡《ぬ》れたから仕方ないとはいえ、公共の場所で下着姿になるなんて、羞恥《しゅうち》の極《きわ》みだ。腕《うで》で自分の体を抱《かか》えて、なるべく露出《ろしゅつ》を減らそうと縮こまっていた。

私の下着なんて、明らかに安いヤツだし。いやそういう問題だけじゃないんだけど。つい碧《あお》海《み》さんと自分とを比較《ひかく》してしまう。下着の値段以前の問題で、生物的なスペック的なものにそもそも差がある。標準体重以下だけど、碧海《あおみ》さんに比べれば私のお腹《なか》はぷにぷにだし、そのクセに胸の大きさにはあり得ないくらい差があるし。

「風邪《かぜ》引かないようにしないと」

碧海《あおみ》さんは淡々《たんたん》と、自分が脱《ぬ》いだブラウスを私に着せる。

私は困惑《こんわく》に囚《とら》われてされるがままの状態だった。身長差があるせいでちょっと大きくて袖《そで》も長いから、私の手は袖《そで》に隠《かく》れてしまう。袖《そで》から指先を出し、きゅっと握《にぎ》る。

「あったかい……ありがと」

ブラウスには碧海《あおみ》さんの体温がまだかすかに残っているのを感じた。

「ふふ、どういたしまして」

「でもさ、碧海《あおみ》さんがその……下着姿になっちゃったし、人が来たらって心配だよ。女の人ならまだしも……男の人も通るかもしれないし」

「じゃあ、こうしよ」

言って、碧海《あおみ》さんは向かいのベンチから立ち上がる。そしておもむろに、私の隣《となり》に座った。

東屋《あずまや》のベンチはコの字形になっていて、奥側の位置だ。

「こうすれば、見えないでしょ？」

そうすれば確かに私の体で隠《かく》れるわけだから、外から碧海《あおみ》さんの姿は見えなくなる。だけど、だけど――。

（あばばばばば）

狭《せま》い場所だから、碧海《あおみ》さんは私の方に肩《かた》をぎゅっと寄せる格好になっていた。

碧海《あおみ》さんは下着姿だし、制服の薄《うす》いブラウス越《ご》しだと、体温をほとんど直《じか》に感じる。

「くっつくとわかるね。やっぱり、冷えてたんだって……ふぁ」

碧海《あおみ》さんは穏《おだ》やかな声でそう口にすると、あくびをしながら私に軽く体重を預けてきた。

「すー……すー……」

そのまま五分くらい雨音を聞いていたら、隣《となり》からは寝息《ねいき》が聞こえてきた。

（……寝《ね》てるし）

碧海《あおみ》さんの寝顔《ねがお》を見ながら、私は昨日見た光景を思い出していた。

碧海《あおみ》つかさは、狭山玲羅《さやまれいら》のカノジョである。

私たちがしていることを見たら狭山《さやま》さんはどう思うんだろうか？

同性同士だし、恋愛《れんあい》感情はお互《たが》いに存在しないし、浮気《うわき》とかそういうのじゃ決してないのに、それに近いことをしている気分になってしまう。

もし私が、仮に碧海《あおみ》さんに恋愛《れんあい》感情を抱《いだ》いていたとしたら、どうなる？

全くそんなことないから、考える必要なんてないのに。

碧海《あおみ》さんが私に寄りかかっているからスマホも取り出せなくて、ただ無為《むい》な時間を過ごしているから、変なことばかり考えてしまう。

――雨は、まだしばらく止《や》みそうにない。

そのままの状態で、三十分くらいは経過したと思う。

激しい雨音は徐々《じょじょ》に散発的なものに変わり、やがて数滴《てき》の雫《しずく》になってから、止《や》んだ。

（どうしよ、まだ寝《ね》てるし）

碧海《あおみ》さんは私の肩《かた》に頭を預けて眠《ねむ》ったままだった。身長差に比べて座高の差があんまりなくて、不公平だなんて思っていた。

雨は上がったからもう帰れるけれど碧海《あおみ》さんを起こすのも悪いな、なんて思っていたら、

「んん……」と碧海《あおみ》さんから声が漏《も》れてきた。そのまま、寝惚《ねぼ》けた声が続く。

「…………朝？」

「いや、そうはならないでしょ」

私はつい、反射的に答えていた。

「あー、そうだね。ふふ、寝《ね》ちゃってたんだ、わた……ふぁ」

言い終える前に、碧海《あおみ》さんは伸《の》びをしながらあくびをした。

その姿も下着の広告写真みたいに見えるんだから、すごいなぁって思う。

「えっと、雨、止《や》んだから。このブラウス、返すね」

「あ、ホントだ、雨止《や》んでる」

「……今気づいたの？」

「ふふ、やっと目が覚めたかも」

私はもう一度お礼を告げてから、借りたブラウスを脱《ぬ》いで渡《わた》した。

私が着てきたシャツは頑張《がんば》って絞《しぼ》ったから、大分マシになった。キャミはまだ結構濡《ぬ》れてい
たので、ブラ透《す》けがちょっと気になるけれど、家まで近いしそろそろ暗くなるしで割り切って
シャツだけを着ることにした。

「あったかい。体温感じる。じゃ、わたしもう少しここにいるから」

碧海《あおみ》さんにそう言われて恥《は》ずかしくなったけれど、私は碧海《あおみ》さんの言葉の中に気になることがあるのに気づいた。

「え、帰らないの？　だって雨宿りしてたんだよね？」

「どっちにしろ、帰れないから」

碧海《あおみ》さんは表情を変えないまま、ちょっとだけ低いトーンの声で答える。

「えっと、どういうこと？」

「うーん、違《ちが》うかも」

横並びのまま話しているので、碧海《あおみ》さんと視線は交わらなかった。

碧海《あおみ》さんはマイペースに考える間をとって、「あ」と何かに気づいたような声を出してから、次の言葉を口にした。

「帰らない……だね。わたし、今日は家に帰る気ないんだ」

「あれ？　だって碧海《あおみ》さんって、狭山《さやま》さんと一緒《いっしょ》に……」

住んでるはずじゃと言いかけて、言葉を止めた。プライベートなことを私が知っているのは嫌《いや》だろうと思ったけれど、途中《とちゅう》まで言ったら全部言うのと変わらない。

「……知ってたんだ。ま、知ってるか」

「え、あ、うん……ごめんね」

「ん。なんで謝るの？」

「なんていうか、プライベートなことをずけずけ聞いちゃったから。それに、昨日も……」

言葉は途中《とちゅう》で止めたけれど、私は結局、それも意味ないことだって気がついた。この話の流れでここまで言ってしまえば、言いたいことは伝わってしまうかもしれない。

碧海《あおみ》さんの話しぶりからして狭山《さやま》さんとの交際については公然の秘密として受け入れている感じがしたけれども、昨日の夕方に私が見ちゃったのは、そうじゃない。

私と——早速《さっそく》話しちゃった弓莉《ゆみり》だけが知っている出来事なのだ。

「……昨日？」

「この神社の近くに公園あるでしょ。昨日の放課後……夕方。碧海《あおみ》さんと狭山《さやま》さんが一緒《いっしょ》に公園にいて、真剣《しんけん》に話してて……えっと、そういうところを見ちゃったから……なんかそのことも、ごめんって思って……」

私は言葉を選びながら、そう答えた。

「駅の南側に来てたんだ」

「うん、ひとり暮らししてて、家が駅の南側だから。学校、徒歩圏内《けんない》なんだ」

「拝島《はいじま》さんひとり暮らしなんだね……あれ、何の話してた？」

碧海《あおみ》さんは変わらず、すんとした調子のままで返してくる。私は気にするところがそこなのかと思いながらも、碧海《あおみ》さんの質問に答えた。

「プライベートなこと、見たり聞いたりして、ごめんって、そういうこと……」

「そうだ。謝ることじゃない、別に。公園って公共の場所だしね」

「あ、はい」

急に正論を言われて、つい動揺《どうよう》してしまった。

すっかり碧海《あおみ》さんのペースに乗せられている感じがしたけれど、それはここで終わりではなかった。

「なら、話が早そう。ひとり暮らしなら、余計に」

「えっと、どういうこと？」

「見てたなら、察したのかなと思った。わたしたちがどういう話をしてたのか」

碧海《あおみ》さんと狭山《さやま》さんとの間に何があったか――に関しては何度も考えていた。

とても恋人《こいびと》同士の幸せなキスという雰囲気《ふんいき》には見えなかったし、前向きな話をしていたわけではないんだろう。

だからあんなに悲しそうなキスは、何かのけじめのキスのように見えた。

例えば別れ話の終わりを告げる、最後のキス。

私は経験がないから、漫画《まんが》や映画の中で得た知識でしかないけれど。

ふたりの情事を目撃《もくげき》した瞬間《しゅんかん》はそんな風に思わなかったけれど、弓莉《ゆみり》から交際と同棲《どうせい》の情報を聞いて、そしていま目の前の碧海《あおみ》さんを見て、確信を得た。

「…………うん。察したかも」

——私が見たのは、碧海《あおみ》つかさと狭山玲羅《さやまれいら》の別れ話だった。

「そっか。なら、説明省いてお願いしても大丈夫《だいじょうぶ》そう」

「説明省く？　お願い？　さっきから何の話？」

私は碧海《あおみ》さんの言葉に対して、ほとんどそのまま聞き返していた。

碧海《あおみ》さんは「うん」と頷《うなず》いてから、言葉を続ける。

「泊《と》めてほしいんだ。拝島《はいじま》さんの家」

「……ん？　泊《と》めてって？」

「うちには帰らないって言ったけど、拝島《はいじま》さんの家に泊《と》めてもらえるならいいかなって。それならもうここにいなくてもいいから」

「なるほど確かに——って、ええっ！」

あまりにも堂々としているから、そのまま納得《なっとく》しかけてしまった。

ともかく、碧海《あおみ》さんの言いたいことはわかった。

別れることが決まってからすぐ同棲《どうせい》も解消するものなのかわからない。実家に戻《もど》る準備ができるまでの一時的なものかもしれない。どちらにしても、確認《かくにん》が必要なことがある。

「その……碧海《あおみ》さんの実家っていうか、親は？」

「わたし、親には頼《たよ》れないから」

碧海《あおみ》さんはきっぱりとそう言った。

家が遠いからすぐには帰れないとか、そういうことじゃないんだろうなって思った。そういう気持ちは、私にもわかってしまうから。だからこれ以上、家族のことは訊《き》かないことにした。

別れた彼女と同棲《どうせい》していた家には帰らない、親にも頼《たよ》れないという事情に納得《なっとく》はした。とはいえ——。

「うーん、うーん、うちかぁ」

私の方はひとり暮らしだから、誰《だれ》かを好き勝手泊《と》めることはできるにしても。

まだ誰《だれ》も家に上げたことがないし、弓莉《ゆみり》ともその話をしたばっかりだ。

でも困っている人が目の前にいて、それが同級生の碧海《あおみ》さんならば、家に上げない理由は特に思いつかなかった。

いや、明確にひとつある。碧海《あおみ》さんは狭山《さやま》さんのカノジョ——と思ったところで、もうその関係性でないなら問題はないのかと、ひとり頭の中で撤回《てっかい》した。

碧海《あおみ》さんと私は女同士だし、そもそもお互《たが》いに恋愛《れんあい》感情がないから、状況《じょうきょう》を客観的に見ても友達を泊《と》めるってだけだし……。

「えっと……期間は、どのくらい？」

「……ん、夏休みが始まるまで。そうすればこっちも……事情が変わるから」

「夏休みまでって……二ヶ月もあるじゃん！」

今が五月末だから、ほぼ二ヶ月間だ。思ったより長い。

「それは無理……だよ。ひとり暮らしだって言っても、香織《かおり》さんに家賃も生活費も払《はら》ってもらってるわけだし……」

「家賃は半分、払《はら》う。生活費も」

「それなら……いや、でも……そもそも期末試験あるし。勉強に集中するためって理由でのひとり暮らしだから、赤点取ると解消って条件もあって……」

「そっか。早速《さっそく》、補習受けちゃってたけど、大丈夫《だいじょうぶ》なの？」

「うぐぐ……中間は救済措置《そち》の補習でなんとかなったけど、期末は頑張《がんば》らないと……」

「ならさ」

碧海《あおみ》さんは小さく息を吸い込んでから私の顔を覗《のぞ》き込み、続ける。

「泊《と》めてくれてる間、わたしが勉強を教える。これで、どう？」

整った顔と透《す》き通《とお》った瞳《ひとみ》が急に近づいてきて、ふと大きく心臓が鳴る。

私は顔を逸《そ》らしながら「でも……」と切り出す。

「碧海《あおみ》さんも、補習を受けてなかった？」

「うん。古文の試験、寝坊《ねぼう》して休んだから」

私は「なるほど……」と返事をしていた。あれほどすらすらと先生からの質問に解答できるのに、赤点はおかしいと思っていたから、試験を休んで補習というのは納得《なっとく》だ。

「えっと、じゃあ他の科目の成績は？」

「大体、学年一ケタ」

「えっ――――」

私は碧海《あおみ》さんの言葉を聞いて、絶句していた。

櫻桐《おうとう》女子高校はそれなりの進学校で、だからこそ入学したはいいものの私は中間試験でボロボロにわからされたのだけど、その中で学年一ケタというのは異次元に頭がいい。

「――じゃあ、オッケー……ってことで」

私はあまり考えることなく、そう言った。

心理的な抵抗感《ていこう》は、ひとり暮らし継続《けいぞく》と天秤《てんびん》にかけたらすぐに消えた。

それに勉強を教えてもらうっていう条件だけではなくて、補習の時に助けてくれただけでなく、雨宿り中も私を助けてくれた碧海《あおみ》さんに恩返しをしたいって気持ちもあった。

「ふふ、助かる。ありがとう、ユキ」

「あれ……名前……」

「覚えてるよ。補習で先生に名前呼ばれてたし」

「ありがとう……」

「なんでお礼を言うの？」

「いや、だって碧海《あおみ》さんみたいな人に名前を覚えてもらってたら、嬉《うれ》しいし」

「なんで？」

「そそそそれは！」

私は思い切り動揺《どうよう》してしまっていた。

碧海《あおみ》さんみたいな別の世界の人だと思っていた人に覚えてもらえていたなら正直、なおさら嬉《うれ》しい。けれどもそんな理由、恥《は》ずかしくてとても口にはできない。

「あと、ユキもつかさでいい」

「じゃあ、えっと……よろしく、つかさ」

「うん。じゃあユキ、連れてって」

言うと、碧海《あおみ》さん——つかさは立ち上がってから、座っている私の手を握《にぎ》った。

突然《とつぜん》のことに驚《おどろ》きながら、私は勢いよく立ち上がる。

「え！　手……！」

「暗いし、迷子になったら困るから」

「いや、でも……手を繋《つな》ぐのって、その」

「ん？　普通《ふつう》じゃない？」

言いたいことはわかるけど、そうじゃなかった。

けれども、それを言葉にしたところで、きっとつかさにはわかってもらえないだろうなって思っていた。

手を繋《つな》いだまま、私たちは神社を後にした。

結局それなりに話し込んでいたので、シャツはほとんど乾《かわ》いていて、しっとりしているくらいになっていた。

帰り道は他愛のないことを話しながら歩いていたけれど、つかさの摑《つか》み所《どころ》のなさをより強く実感するばかりだった。


神社から五分くらい歩いて、ふたりでひとり暮らし中のマンションへ帰ってきた。

オートロックのエントランスを通って、エレベーターを待つ。

うちは三階なので普段《ふだん》は階段で上がってしまうことも多いのだけれど、雨に降られたこともあり、今日は疲《つか》れてしまっていた。

エレベーターに乗り込みながら、話を続ける。

「その、つかさたちのとこは違《ちが》ったの？」

ふたりの同棲《どうせい》の話題にどこまで切り込んでいいかわからなかったので、自分でも少し歯切れが悪くなっていた自覚はあった。

「うん。玲羅《れいら》の家は一軒家《いっけんや》。玲羅《れいら》の両親も一緒《いっしょ》に住んでる」

「え、そうなの？」

「うん」

噂《うわさ》は完全に間違《まちが》いではないけれど、ちょっと歪《ゆが》められていたってことだろう。同棲《どうせい》っていう方がキャッチーだし、そういう噂《うわさ》に変わっていくのもまあわかるけど。

エレベーターを降りて廊下《ろうか》の奥にある、私の部屋に入る。

「お邪魔《じゃま》します。あれ、ただいま？」

「気が早くない？」

「ふふ、でもしばらくお世話になるし、ただいまが正解かも」

無邪気《むじゃき》さを感じる口調で言って、つかさは微笑《ほほえ》んだ。

そういうところはなんかこう、すごく可愛《かわい》いなって単純に思う。話す前はクール系の美人かなって思っていたからこそ、意外な一面を見せられている感じ。

冷静に考えて、あの碧海《あおみ》つかさが私の部屋に入ってくるっていうのは尋常《じんじょう》なことではないと思う。なんとも言えない照れくささがあった。

「あ、結構狭《せま》いね」

……と思ったけれど、全く悪びれずに言うつかさの言葉にちょっとイラッとした。

リビングが八帖《じょう》くらいで、寝室《しんしつ》が四帖《じょう》くらいの１ＬＤＫの部屋だ。

リビングにはソファとテーブル、勉強机とテレビ台があって、確かにそれでいっぱいだから窮屈《きゆうくつ》なのは確かだ。けれども、普通《ふつう》の女子高生のひとり暮らしには十分な広さのはずだ。

「……でも、落ち着く感じする」

「それ、いい意味なの？」

「うん。なんか部屋を見ると、ユキがどういう風に暮らしてるのかわかるし」

暮らし始めて二ヶ月くらいなのもあって、何とか部屋は綺麗《きれい》に維持《いじ》している。

それでも隠《かく》せない生活感があるのは否《いな》めない。

洗濯《せんたく》物も取り込んだままだし——って。

「ちょっ……ちょっと待って！」

私は焦《あせ》って放ったままの下着と服を回収する。

すっかり油断していたけれど、これからはこういうところも気を遣《つか》わなくてはいけない。いやでも、洗濯《せんたく》もうちでやるのか？

やるよね……そういう家事などのことも全く考えていなかった。

「……はぁ」

私は思わずため息をついていた。

細かいことを考えるのはやめることにした。家事のことは一旦《いったん》、先送り。

私は奥まったスペースにあるキッチンに向かう。冷蔵庫に買ってきた卵をしまったところで、自分が何のために出かけたのかを思い出した。

フライパンの中で、ケチャップライスが何か言いたげに佇《たたず》んでいる。

「そういえば夕飯まだだよね？」

「あ、確かに」

「思い出したら、お腹《なか》空いてきた……シャワー浴びたかったけど、先にご飯食べないと動けなくなる。服、ほとんど乾《かわ》いちゃったし、いいよね」

神社での雨宿りは食欲が吹っ飛《と》ぶほど衝撃《しょうげき》的だったけれど、さすがにケチャップライスと対面したらそうはいかない。

「オムライス、作りかけだったから、食べる？」

「いいの？」

「いや、だってこの状況《じょうきょう》で私だけ食べても……ねぇ」

「なら、お言葉に甘えて」

「あーい。じゃ、テキトーに座ってて」

私が言うと、つかさはソファに腰掛《こしか》けた。

自分がキッチンにいるのにリビングに誰《だれ》かがいるってことがすごく新鮮《しんせん》だった。

「ごちそうさまでした」

「お粗末《そまつ》さまでした。足りた？」

「うん。お腹《なか》いっぱい……すごく美味《おい》しかった」

「べ、別に誰《だれ》でもできる」

面と向かって言われることに慣れてなくて、私は顔を逸《そ》らしながら答えていた。つかさは「ううん」とそのまま続ける。

「そんなことない。玲羅《れいら》もわたしも料理できない。お店に行かなくてもこんなに美味《おい》しいご飯が食べられるの、すごいって思う」

料理は香織《かおり》さんと暮らしている時も私が作ることがほとんどで、自分でもちょっと自信があることだったから、褒《ほ》めてもらうのは素直《すなお》に嬉《うれ》しい。

食器を片づけてから、シャワーを浴びることにした。

私がタオルなどの準備をしていると、つかさがぼそっと小さな声でこぼす。

「あ、着替《きが》えない」

……ということでつかさのつけてきた下着を急いで洗うことにした。私の見たことないサイズの高そうなブラを、慎重《しんちょう》に洗濯《せんたく》ネットに入れ、おしゃれ着モードで洗濯機《せんたくき》に突《つ》っ込んだ。

つかさは裸《はだか》になることをさして気にしていない様子だったが、私がバスタオルを巻くようにお願いして、待ってもらうことにした。

タオル越《ご》しに体のラインがはっきりとした凹凸《おうとつ》を描《えが》いていたけれど、変態っぽいのでその意識を頭から追い出した。

「えっと、荷物は？」

「まだ、玲羅《れいら》の家。何も考えず出てきちゃったから」

「ま、そういうことだよね。じゃあ、んー、つかさが着れるパジャマあるかなぁ」

シャワーを浴び終えたつかさには、頑張《がんば》ってドライヤーで乾《かわ》かした洗い立ての下着と、ゆったりサイズのパジャマを着てもらうことにした。

「……これでよし！」

私が言うと、つかさは何故《なぜ》か満更《まんざら》でもなさそうな表情を浮《う》かべていた。

その後はしばらくスマホ片手にテレビを流し見していた。

つかさはその横で、ずっとスマホで小説を読んで過ごしていた。ちらっと見えた電子書籍《しょせき》のライブラリには、相当な数の本が入っていた。

日付が変わる時間が近くなる頃《ころ》、私はあくびをしていた。

今日一日の疲労《ひろう》が体に溜《た》まっているようで、もう眠《ねむ》くなってしまった。

「ふぁ、もう寝《ね》よっか……あ」

私は歯磨《はみが》きを終えて寝室《しんしつ》に向かいながら、ずっと近くにつかさの気配があることに気づく。

「えっと……なんで私についてきてるの？」

「だって、寝《ね》るから」

「うん、そうだけど……あれ、私がおかしいのかな……？」

寝室《しんしつ》はベッドとクローゼットが床面積《ゆか》のほとんどを占《し》めている。

リビングと寝室《しんしつ》は引き戸で仕切られていて、その間にちょうどふたりが並んでいた。

「何が？」

「こういう時ってさ、どっちかがソファで寝《ね》る流れじゃない？　それで、どっちかというと泊《と》めてもらってる側がソファな気がする」

「そういうものなのかな。玲羅《れいら》とは同じベッドだったよ」

「ええっ⁉　あ、いや……そ、そうなんだ……。そういうものなのかな……？」

驚《おどろ》いた私は、結局つかさと同じ言葉を口にしていた。

ふたりは付き合っていたにしても、同じベッドで。まだ高校生なのに……と変な想像が頭に浮《う》かぶけど、お泊《と》まり会とかだと同じ布団《ふとん》で寝《ね》ることもあるだろうし——と考えていたらもう、いつの間にか私のベッドに寝転《ねころ》んでいたつかさの隣《となり》に寝るしかなかった。

（……あれ？）

電気を消すと、ベッドのシーツの擦《こす》れる音も、つかさのかすかな吐息《といき》も、ジャージのファスナーが当たるような小さな音まで、はっきり聞こえるようになってしまった。

私は中学の頃《ころ》も友達とお泊《と》まり会なんてしたことなかったし、唯一《ゆいいつ》ある修学旅行でも同じベッドで寝《ね》るわけじゃなかったし、この状況《じょうきょう》にひたすら顔が熱くなっていた。

「じゃ、おやすみ」

「い、いや私やっぱソファにイクョ」

平然と言ったつかさとは対照的に、私は変な緊張《きんちょう》を感じていた。

私は暗い部屋の中ですらつかさの顔を直視できないと思って、背中を向ける。

「……行かないで」

そんな私の耳元で、つかさは囁《ささや》いた。

その声を聞くと、神社の時と同じように、全身にぞわっとした何かの感覚が走る。つかさは再び、私の耳元に息が当たるほど近い距離《きょり》で、囁《ささや》く。

「わたし、寂《さび》しい」

「…………うん」

「玲羅《れいら》から別れた方がいい、せめて距離を置こうって言われて、返事もせずに飛び出してきちやって、どうしようもなくなっちゃってたから」

「――――え?」

つかさが見せる意外な一面も十分に驚《おどろ》きだったけれど、それ以上に、私はつかさの話した言葉の意味が気になっていた。短時間じゃ咀嚼《そしゃく》することができなかった。

「あれ、こんなこと直接的に言うのちょっとアレだけど……ふたりって、別れたんじゃ……」

「ううん。まだ別れてはないよ……結論を出す前にわたし、逃《に》げちゃったから」

「え、え、え、え……！」

「ふふ、変なの……すー…………」

（変なの、じゃねーようっ！）

私の心の叫《さけ》びなんて聞こえるはずもなく、つかさは寝落《ねお》ちしてしまったようだ。

言葉の意味をようやく理解したんだと思う。

すっと、全身から血の気が引いていく。

これまで感じていた恥《は》ずかしさや緊張《きんちょう》感が一気に罪悪感と背徳感の両方に変わり、さらには危機感にまで変わっていく。

（ふたりはまだ、恋人同士《こいびと》のまま……？）

私の行動は、だってだって、ふたりが別れている、恋人同士《こいびと》じゃないって前提のものなんだ。下着姿を見た。ブラウスを借りた。名前で呼び合うことにした。手を繋《つな》いで歩いた。家に泊《と》めることにした。そしていま、添《そ》い寝《ね》している。

この行動、狭山《さやま》さんが見たらどう思いますか？

そもそも、つかさはどんな気持ちなんですか？

これってもしかして、浮気《うわき》ですか？

「う～～～～！」

声にならない唸《うな》り声をひねり出しながら、私はベッドから立ち去ろうとした。

その時、私の体は何か重力を感じて重くなる。
「……待って……」
つかさが私の腰《こし》に手を回していた。
立ち上がろうとした私の体は、つかさに引き留められていたのだ。
うなじに、つかさの寝息《ねいき》がかかるのを感じる。すごく、熱い。
「いや、だって……」
私が何かを言おうとしても、つかさは眠《ねむ》ったままで返事はない。
つかさの手を振《ふ》り払《はら》うことはできたのに、私はそれをしなかった。
（違《ちが》う、違《ちが》う違《ちが》う、浮気《うわき》とかそういうのじゃない、絶対……！）
硬直《こうちょく》した体のまま、自分の中で何度も反復していた。
浮気《うわき》の定義って、何？
そんなの知らないけど、少なくとも私からつかさに恋愛《れんあい》感情はない。
つまりこれは、同性の同級生との微笑《ほほえ》ましい一幕。
根拠《こんきょ》も自信もないままに、ひたすら自分に言い聞かせていた。
私も力尽《ちからつ》きていたのか——気づけば眠《ねむ》りに落ちていた。

2　歩くような速さで

私がひとり暮らしをすることに決まったのは去年の秋、中学三年生の九月のこと。

滑《すべ》り止《ど》めも含《ふく》めた志望校が決まってきた中で、私は当時の実力以上の勉強が必要な櫻桐《おうとう》女子――今の高校を第一志望に設定した。

家から遠いけれど全国でも有名な名門校への合格は、ひとり暮らしをする「言い訳」に丁度よかったのだ。

それは私にとっても、親代わりの香織《かおり》さんにとっても。

だって私は、香織《かおり》さんの家にいない方がいい。

「――――…………キ？」

大人のことも恋愛《れんあい》のこともわからないけれど、ある日、私はその事実に気づいちゃったんだ。

つかさが言っていた「帰らない」という言葉の真意はわからない。

けれども「帰らない」と思う感覚は、私もよく知っているものだった。

だから深層心理ではつかさに泊《と》めてほしいと言われた時点できっと、断るつもりはなかったんだと思う。そう、つかさに――。

「ユキ！」

「……わっ」

私は大きな声を出しながら目を覚ました。

その声を受けたつかさは、驚《おどろ》いているのかいないのかよくわからない微妙《びみょう》な声を出していた。

「……おはよ」

つかさは寝転《ねころ》がったままこっちを真正面に見つめながら、穏《おだ》やかな声でそう囁《ささや》いた。

昨晩は寝《ね》る直前、つかさに背中を向けていたはずなのだけれど、いつの間にか私たちは向かい合っていた。

つかさの顔面が目の前にあって、急に血の気が引く。

私と添《そ》い寝《ね》をしていた目の前の超絶《ちょうぜつ》美人が、他人《ひと》のカノジョだってことを思い出したからだ。

「おはよう……じゃない！」

「えっ……おはようございます？」

「そういうことでもなくって！」

私は起き上がってベッドの脇《わき》に立ち、まだ横になっているつかさを見下ろす格好になって、小さくため息をついた。

「昨日の夜！　なあなにしてたことをちゃんと教えて。狭山《さやま》さんとの関係のこと」

「言った通り。玲羅《れいら》から別れようって言われて、結論を出さないまま次の日になって、わたしはそのまま飛び出した。正確には、学校行って玲羅《れいら》の家には帰ってないってだけ」

初めて聞く情報が含《ふく》まれているのはともかくとして、ようやく時系列がわかった。

「えっと、帰ってないんだったら心配してるんじゃない？」

「心配しないでって連絡《れんらく》はしてる。返事も来た」

「大丈夫《だいじょうぶ》そうならいいんだけど……つまり、ふたりはいま、どういう状態なの？」

「……？　わたしはまだ、玲羅《れいら》のカノジョ。なんだろ。一旦距離《いったんきょり》置く、みたいなそういうことかな？」

「私に聞かれても……」

寝惚《ねぼ》けている時に聞いたことだから気のせいであってほしいと思っていたけれど、全然そんなことはなかった。

私は他人のカノジョと一緒《いっしょ》に、身体的接触《せっしょく》を伴《ともな》う色んなことをしていた。

「そのさ。つかさは狭山《さやま》さんのことがまだ好き、なんだよね？」

「そうだね。好きだよ」

感情の見えにくいつかさがそれでも真《ま》っ直《す》ぐに言ったのは、きっと嘘《うそ》も偽《いつわ》りもない本音だからなんだろう。

けれども曇《くも》りのない表情で誰《だれ》かを「好き」と表明されると、関係ない私までちょっと恥《は》ずかしくなってしまった。何も答えない私をよそに、つかさは再び言葉を続ける。

「でも、玲羅《れいら》はわからない」

かすかに滲《にじ》む寂《さび》しそうな声でふと、私は一昨日に公園で見たつかさの表情を思い出していた。

だから私はこれ以上、踏《ふ》み込めなくなってしまう。

せめて自分の伝えたいことを伝えようと思ったけれど、どういう言葉を選べばいいのかわからない。

「じゃあさ、その……」

「まだ付き合ってるんだったら、昨日みたいに、手繋《つな》いだり……一緒《いっしょ》に寝《ね》たりって、良くないんじゃないの？」

たどたどしくなっている自覚はあったけれど、私は思っていることを口にした。

つかさは間髪《かんはつ》入れずに、答える。

「どうして？」

「いやほら、カノジョがいる人とそういうことするのって……浮気《うわき》みたいっていうか……」

「そうなの？」

「…………うん」

どこかピンときていないままのつかさに戸惑《とまど》いながら、私は頷《うなず》いた。

「ユキは、わたしのこと好きなの？」

「えっ！　いや、人としてキレイだし顔良過ぎって思うけど……つかさに恋《こい》してるとかってわけじゃないし……そもそも私、恋《こい》ってわからないし。友達として好きかどうかわかるほど話してないけど、家に上げるのは気にならないから嫌悪感《けんお》はないし……そもそも……ううん」

女同士の恋愛《れんあい》っていうのはもっとわからない、そう言いかけて飲み込んだ。

私がこれまで生きてきた中で恋愛《れんあい》っていうと無意識に異性愛を思い浮《おもう》かべてきただけのことなんだけれど、それを当事者のつかさに伝えたら、不用意に傷つけてしまうかもって思ったからだ。

「んー、ユキはわたしのこと、好きじゃないってことだよね？」

はっきりしない私に対して、つかさははっきりとした言葉でまとめた。私が頷《うなず》くと、つかさはまた穏《おだ》やかな語調ながらもきっぱりと告げる。

「じゃあ、浮気《うわき》じゃないよ。わたしもユキのこと、好きじゃないから」

「あ………うん」

その『好き』という言葉の範囲《はんい》が恋愛《れんあい》的なものだってわかっているけれど、『好きじゃない』と言葉にされるとなんとなく傷ついた。

私も同じことを言ってはいるのだけど、つかさより気を遣《つか》ったつもりだった。もっともそのせいで、伝わりにくくなってしまったのは置いておいて。

ごちゃごちゃと考えている私の思考に、つかさの言葉が割り入ってくる。

「どっちかが好きにならなければ、浮気《うわき》とは違《ちが》うよ」

「そうだよね……うん」

この結論に、私は納得《なっとく》することにした。

流されただけのような気もするけど、つかさの言う通りだという気もする。冷静に考えると、私にしてきたのは、所詮《しょせん》ただのスキンシップ。

つかさが狭山《さやま》さんのカノジョであることを意識し過ぎて、つかさの些細《ささい》なスキンシップをいけないことだと私が過剰《かじょう》に思い込んでいるだけなのだ。

（そうだそうだ、そうに違《ちが》いない！　この話はやめ！）

弓莉《ゆみり》とも——と考えると距離《きょより》感はちょっと違《ちが》うけれど、別のグループではつかさくらいの距《きょ》離《り》感の子たちもいたはず。たぶん。

「まずは朝ご飯。それから色々考えよ。じゃ私、作るね」

「いいの？」

「だって、つかさは料理できないって言ってたでしょ。家事の分担はこれから決めるにしても、お腹《なか》空いたしまずそれをどうにかするのが最優先。ちょっと待っててね」

「わかった……楽しみ」

つかさが微笑《ほほえ》んでそう言ってくれると、ひとりの時よりやる気が出てくる。

私はエプロンをつけて、キッチンへと向かうのだった。

「ごちそうさまでした。すごく美味《おい》しかった」

　朝食を食べ終えたつかさは、昨日の夕ご飯を食べ終わった後と全く同じ事を言った。

　心がこもっているのか定型文なのかわからなかったけど、美味《おい》しかったと言ってもらえるのは嬉《うれ》しい。

「じゃあ、とりあえず着替《きが》えよっか」

「うん」

　部屋着のままでいるのもなんだったので、私はそう提案をした。

　つかさは当たり前のように返事をしたけれど、私はあることに気づく。

「……って、そっか。服まだ乾《かわ》いてないじゃん」

　下着は夜のうちにドライヤーで乾《かわ》かしたけれど、制服は部屋干しにしていたから乾《かわ》き切っていなかった。

「あ」

　私が気づいた時にはもう、つかさはパジャマの上を脱《ぬ》いでいた。昨日つけていたのと同じブラが露《あら》わになった。

　……つかさは服を脱《ぬ》ぐ時に思い切りがいいのはなんでなんだろう。

　狭山《さやま》さんの前でもそうなのかなと思ったけれど、やっぱりふたりのプライベートを想像すると、恥《は》ずかしさと申し訳なさの両方が湧《わ》いてくるので、頭を振《ふ》りながら思考から消した。

「……何してるの？」

「邪念《じゃねん》を振《ふ》り払《はら》ってる、物理的に」

私はそう答えたけれど、つかさはピンと来ていないようだった。傾《かし》げた首を戻《もど》してから、ため息交じりにつかさは言う。

「じゃあ、このままで。着直すの、面倒《めんどう》だし」

「いや、そこ面倒臭《めんどうくさ》がるなし——って、そう、それ。気になってたんだけど、荷物は？」

「ほとんど、玲羅《れいら》の家」

「……だよねぇ、言ってたもんね。だからその荷物、どうするつもりなの？」

「うん、大丈夫《だいじょうぶ》」

「答えになってなくない？」

何が大丈夫《だいじょうぶ》なのかはよくわからないままだったけれど、つかさはそれ以上何も言わなかった。学校では狭山《さやま》さんと会うだろうし、そこで受《う》け渡《わた》しをするのだろうか。

想像するとちょっと気まずい。

そして問題は根本的に解決していないので、私は話を戻《もど》すことにした。

「でも、すぐに大丈夫《だいじょうぶ》にはならないよね？　少なくとも今って制服しかないし。下着も一セットしかないと困るし……つかさ用の物も色々必要だし」

「買えばいい」

「あ、はい。確かにそれしかないよね」

きっぱりと言ったつかさに対して、私はちょっと拍子抜《ひょうしぬ》けしたような気持ちになっていた。

つかさは何を考えているのかわからなかったりずれていたりすることが多いけれど、時々頷《うなず》くしかない正論を言うタイプなんだな、と今になって納得《なっとく》していた。

「行くとしたら、近場だと渋谷《しぶや》かなぁ。パジャマで出るわけにはいかないし、貸せる服あったかなぁ……」

私が身長一五五センチなのに対して、つかさの背は十センチ以上高い。パジャマはゆったりしたのを貸したのに時々おへそが見えていたし、私服ならなおさらサイズが合わないはずだ。

「あー、これかぁ……？」

私は自分の服の中から、なんとかつかさが着られそうなものを探し出した。


うちの最寄《もよ》り駅《えき》から電車で二十分くらいのところにあるターミナル駅——渋谷《しぶや》を訪《おとず》れていた。

「さーて、どこから見よっか」

「任せる」

「ええ……」

「基本、玲羅《れいら》が連れてってくれてたから、どこに行けばいいかとかわかんない」

心の中で、また狭山《さやま》さんかと思っていた。つかさは結構ぼーっとしているし、生活のほとんどを狭山《さやま》さんに依存《いぞん》していたことは想像に難《かた》くない。

お店に行けばつかさからも意見が出てくるだろうと思って、とりあえず坂を上ったところにあるファッションビルへ向かうことにした。

日曜日の渋谷《しぶや》はやっぱり人が多い。歩道は人がいっぱいで、まず自分のペースでは歩けない。私と同い年くらいの子も多そうだけど、私と違《ちが》ってオシャレだったり高そうなアイテムを身につけていたり、自分が見劣《みおと》りするなぁと思ってしまう。

(でも、つかさは違《ちが》う。正直、モデルとかしてないのが不思議なくらいだよ)

つかさの服装は、私の持っている丈《たけ》の合っていないシャツと学校のジャージの下、ギリギリサイズが合った厚底サンダルというものだった。

結局、パジャマと同じように丈《たけ》が合っていないから時々腹チラしているんだけど、ラフなファッションで計算して決めているように見えるのが、つかさの異常スペックなところだ。

厚底サンダルのせいで私とは二十センチ近く身長差があるから、大人と子供みたいに見えるかもしれない。

「世界は残酷《ざんこく》だ。はぁ」

「……？　あ、そうだ」

つかさはそう言って、私の手を握《にぎ》ってきた。

「はぐれないように」

「う、うん。いやでも、外では……いや、いいのか……？」

「…………？」

「うん、フツーだよね。フツーフツー」

狭山《さやま》さんのことが頭に浮《う》かぶけれど、これは友達同士の手繋《つな》ぎだ。周りを見ても、私と同じ高校生くらいの年代で手を繋《つな》いだり腕《うで》を組んだりして歩いている女子はたくさんいる。

つかさと手を繋《つな》いで人混みを歩くのは、いかにもお出かけって感じがして、ちょっとワクワクもした。

そんなことを思いながら、公園通りを進む。

人がいなければ五分くらいの道を、倍以上の時間をかけてビルに着いた。

「つかさのつけてた下着のブランド、ここに入ってたよね？　まずそこ行く？」

「うん、そうする」

つかさの返事を受けて、お店のあるフロアへ向かう。デザインはシンプルながらお洒落《しゃれ》で可《か》愛《わい》いけれど、高校生にはちょっと高級なブランドだ。

私が入るのを躊躇《ちゅうちょ》していると、つかさは迷わずお店の中に入って、言う。

「同じのでいいかな。効率いいし」

「効率重視なの？　うーん、新しいデザインのもあるし、一通り見てみたら？　せっかく来たんだし」

「ユキが言うならそうする。そういえば最近、ちょっと小さくなってきたかも」

「ふ、ふーん！　そうなんだ！」

衝撃《しょうげき》の言葉に驚《おどろ》きを隠《かく》せないでいると、話してばかりの私たちを見かねたのか、スタッフさんが「あのー、ご案内しましょうか？」と声をかけてきたので、お願いすることにした。

ほとんど店員さんのおすすめに従う形でデザインを選んで、あとはつかさが採寸して試着するのを適当に店内を見ながら待っていればいいかなと思っていたけれど、店員さんは「ではこちらでお待ちください」と私を試着室の前に案内した。

昨日今日初めて話した相手と下着を一緒《いっしょ》に選ぶってなんだこれと思いながら、そもそも同居自体がなんだこれと思って、考えるのをやめた。

採寸を終えてブラを試着したつかさがフィッティングしてもらっているのを待っていると、試着室の中から「ねぇ」と呼ばれる。

間髪《かんはつ》入れずに伸《の》びてきた手に引かれて、私も試着室の中に入ることになってしまった。

「どう？　変じゃない？」

当たり前だけど、つかさの上半身はブラだけしかつけていなかった。下着の黒と白い肌《はだ》のコントラストが眩《まぶ》しい。

「綺麗《きれい》……」

私は思わず、そう呟《つぶや》いていた。言ってから、これってものすごく恥《は》ずかしいことなんじゃないかって気づく。

「いやほら、サイズちゃんと合わせてもらったからおっぱいの収まりとか良くて綺麗《きれい》ってことで、別に変な意味じゃなくて……うん、グッドグッド！」

「変なの。でも、嬉《うれ》しい」

私とは対照的につかさは落ち着いていて、囁《ささや》くような声でそう答えた。

そう言われると、明らかに挙動のおかしい早口になっていた恥《は》ずかしさも、どこかへ消えてしまう。

「これと同じのを三組」

「ここで効率……せめて色は変えたら？」

「じゃあ、ユキ選んで」

私が選ぶことに疑問を抱《いだ》きつつ、黒、赤、赤紫《あかむらさき》の三色を選んだ。つかさが今もつけているのと同じように一見シンプルながらもよく見ると細かい刺繍《ししゅう》がほどこされた、可愛《かわい》い下着だった。

三組も購入《こうにゅう》したら結構な値段のはずだけれど、つかさは気にせずお会計を済ませていた。

つかさのお財布《さいふ》がちょっと子供っぽかったのが、意外だった。

「お金、足りた？」

お店を出てから、私は小声でつかさに訊《たず》ねた。

「うん。クレジットカード、好きに使っていいって渡《わた》されてる」

そう平然と言い放ったつかさに、金銭感覚の違《ちが》いを十分にわからされた。

家に帰るという面では親に頼《たよ》れないと言っていたのに、お金の面では頼《たよ》っていることに若《じゃっ》干《かん》の違《い》和《わ》感《かん》があったけれど、口にはしなかった。

人それぞれ家庭には色々あるわけだし、私が口を挟《はさ》むことでもないだろう。

そしてその後は、部屋着も三セット購入《こうにゅう》していた。こっちも部屋着では有名なブランドでいいお値段はしたけれど、つかさはぽん、と迷わず購入《こうにゅう》していた。

その思い切りの良さにちょっと引いたけれど、

「うん、買えた。いい感じ」

と、紙袋《かみぶくろ》を持ったつかさの声音《こわね》はどこか満足そうにも感じたので、それはそれでいいのかなと思っていた……が。

「いや、まだ下着と部屋着しか買ってなくない？」

「確かに」

「そういえば、つかさが着る私服の情報が何もなかった。どこ見る？」

「ん。なんでもいい」

「え、そうなの？　下着とか部屋着にはこだわりあったのに？」

じっくり選んでいたかと言えばそうではないのだけど、少なくとも買うブランドは決めていた。私の疑問に、つかさは間を置かず答える。

「肌《はだ》に直接触《ふ》れるのは着心地《きごこち》大事だし、寝《ね》る時に着るのは通気性大事だし」

「あー、機能性……」

「うん。だから起きてる時、外側に着る服はあんま気にしない」

「言い方……」

つかさの主張に納得《なっとく》するところはあったけれど、その温度差には驚《おどろ》かされる。そして、次はつかさの方から言葉を続けた。

「服はいつも玲羅《れいら》が買ってきてくれてた」

お母さんが買ってきてくれる、みたいなノリでつかさは言った。なんとなく、次にくる言葉は予想できた。

「ユキ、わたしの服、選べる？」

「やっぱり。いいよ、じゃ、私の趣味《しゅみ》全開にしちゃお」

「あれ、なんか思ってたより前のめり」

「着てみたいけど私じゃ似合わない服、たくさんあるし。つかさなら絶対着こなせるなーって、実は思ってたんだよね」

私は自分の口元が緩《ゆる》んでいるのがわかった。

顔が小さくて肩《かた》が華奢《きやしや》で足長腰高《こしだか》なつかさに着てみてほしい服はたくさんあるから、正直楽しみに思っているのだ。

若干《じやっかん》の戸惑《とまど》いを見せるつかさと共に、私たちはまた別のフロアに向かった。

「ふぃー、満足満足」

しゃぶしゃぶ食べ放題のラストオーダーを終えて、私はそう呟《つぶや》いていた。

満足に感じている理由はふたつある。ひとつはもちろん、お腹《なか》いっぱいになったこと。一週間分くらいのお肉を補給して、今はデザートのワッフルを食べている。

そしてもうひとつの満足は、つかさの服をたくさん買えたことだ。

「……疲《つか》れた」

つかさも一通り食べ終えて、そう呟《つぶや》いた。この言葉もたぶんふたつの意味があって、ひとつは慣れない食べ放題のシステムに翻弄《ほんろう》されていたことと、もうひとつは――。

「ごめんね。着《き》せ替《か》え人形みたいにしちゃった」

「わたしから頼《たの》んだから、別に。でも、意外だった」

食後のコーヒーを口にしているつかさに、私は「何が？」と問いかける。

「服、詳《くわ》しいんだね」

「そうかな？　普通《ふつう》だと思うけど」

「普通《ふつう》の基準はわからないけど、わたしは詳《くわ》しいって思った。外側に着る服は詳《くわ》しくないけど、ユキの選ぶ服と組み合わせ、いいって思った」

「なら、良かった。自分じゃ着られなかったり買えなかったりってだけで、服、見るのは好きだから。つかさ何でも似合うから、選んでて楽しかったし！」

　私がそう言うと、つかさは「そっか」と何か納得《なっとく》したような声を出してから、続ける。

「わかった。服たくさん着せられて疲《つか》れたけど、嫌《いや》じゃなかった理由。ユキが楽しそうだったからだ」

「え、そんな話してたっけ？」

　私はそう聞き返したけれど、つかさはひとりで納得《なっとく》して満足そうで、それ以上この話題を掘《ほ》り下《さ》げることもなかった。

「じゃあ、ここは出すよ」

「え、いいよ。服もたくさん買わせちゃったし」

「ううん、違《ちが》う。逆。服、選んでくれたお礼。わたしから頼《たの》んだし」

「あり……がとう。でも……」

　つかさが今日いくら使ったかは、大体察することができていた。

　だからこそ食事代を払《はら》ってもらうのには気が引けるのだけど、つかさは私の目を真《ま》っ直《す》ぐに見て言葉を告げる。

「ユキがどう思っているかは知らない。でも、わたしは嬉《うれ》しかった。その気持ち、まだ伝わらない？」

少し、意外だった。つかさからこんなにはっきりと嬉《うれ》しいという意思表示をされるとは、想像してなかった。私は一呼吸置いてから、答える。

「ううん、ごめん。伝わった」

「何に謝ったの？」

「しつこくしちゃったから」

「変なの。ユキって気を遣《つか》い過ぎだと思う。服選ぶ時みたいに、遠慮《えんりょ》なくて素直《すなお》でいいのに」

「うぐっ、ごめん」

「また謝ってる……ふふっ」

謝り過ぎてもしつこいかなと思ったけれど、つかさが微笑《ほほえ》んで流してくれたから、それ以上引きずることはなかった。

つかさは「じゃあ、お金払《はら》う」と言って、お財布《さいふ》を取り出す。

「あっ——やっぱり。そのお財布《さいふ》、アニマルメイドダンサーズのヤツだよね」

つかさのお財布《さいふ》になんとなく見覚えがあるなと、一日中気になっていた。いま間近で見て、ようやく確信できた。

アニマルメイドダンサーズというのは、私が幼稚園《ようちえん》か小学校低学年の頃《ころ》にやっていたアニメのことで、そのキャラクターがプリントされたお財布《さいふ》をつかさは使っている。

大切に使っているみたいだけど、所々にほつれがあったり、プリントがかすれていたりと、長年使い込んでいるのがわかった。

「これ知ってるの？」

「私たちの世代は大体知ってると思う。主人公のセリフをよく真似《まね》してた。可愛《かわい》い声なんだけど……」

言いかけて、私は言葉を引っ込める。

続く言葉は、ちょっとネガティブな内容だ。主人公の声優さんにクセがあるっていうか、ちょっと……そこそこ……それなりに棒読み。友達の間で想《おも》い出《で》話をする時には、ネタにするって方向で話題が出ることが多い作品でもある。

ここまでお財布《さいふ》を使い込んでいるということは、いくら物に執着《しゅうちゃく》がなさそうなつかさとはいえ、買《か》い換《か》えるのが面倒《めんどう》だから使い続けてるってわけじゃないはずだ。

もしつかさがアニマルメイドダンサーズのファンだったとしたら、いきなりネガティブな話題を切り出されるのはいい気分にならないだろう……と思ったのだけど。

「下手だった？」

「……………うん」

言い方を考えていた私をよそに、つかさはストレートに言ってきた。

「なんか、印象的だったんだよね、主人公の声」

私はそう一言添《そ》えてからつかさに話を向けることにする。

「お財布《さいふ》使ってるし、つかさは好きなんだよね？」

「…………」

つかさは一拍置《いっぱく》いてから「さあ」と切り出した。

「どうなんだろ。好きかどうかはわかんないけど、お財布《さいふ》なら使えればいいから、使えなくなるまで使おうとしてるだけ」

「そっか。つかさらしい……のかな？」

私は疑問形だったけれど、答えを求めていたわけではない。

そして私は、まだ途中《とちゅう》だった自分の思っていたことを念のため、言おうと思った。

「私は好きだったよ。正直、声優さんとしてはうまくない子役っぽい声だったと思うんだけど、頑張《がんば》ってる感じが好きだった」

「結果が出ないなら、頑張《がんば》っても意味ないけどね」

「──え？」

私ははっきりと言い放ったつかさの声に驚《おどろ》いていた。

結局そこで話は一区切りついて、私たちはお店を出るまで話さなかった。

ずっと黙《だま》っているのも気まずいので、お店を出る時、私はつかさが黒いカードで支払《しはら》いを済ませているのを見て思ったことを口にした。

「そういえばさ、お財布《さいふ》持っててクレジットカードもあるんだったら、ホテルに泊《と》まればよかったんじゃないの？」

雨に濡《ぬ》れた流れでうちに泊《と》めることになったところまではいいとして、二ヶ月も滞在《たいざい》するならうちよりもホテルの方がずっと居心地《いごこち》がいいだろう。

私の質問に対して答える時、つかさは表情を変えなかった。

「だって、独りだと寂《さび》しい」

その言葉は、まるで言い慣れているかのようで、つかさの中では考えるまでもなく当たり前になっているとまで感じた。

昨晩、ベッドで私を引き留めたつかさのことを思い出す。見た目よりずっと寂《さび》しがり屋——という以上に、きっとつかさの根本には何かがあるんだろうと思っていた。

私が言葉を失っていると、つかさは「それに」と説明を続けた。

「高校生ひとりでホテルに長期滞在《たいざい》するの、手続きとか面倒《めんどう》。今、前より厳しいし」

「そうなんだ。私、ひとりでホテルに泊《と》まったことないし、わかんなかったな」

そんな話をしながら、私たちはしゃぶしゃぶ食べ放題のお店を後にした。

その後は必要な生活用品を買いそろえて、家に帰ることにした。

家に帰った私は買い物したものを一通りしまって、一息つこうとしていた。そこに、つかさの「ねぇ」という言葉が引き留めてくる。

「勉強しよ」

「――――え」

「なんでそんな驚《おどろ》いてるの？」

「いや、なんかのんびりする空気だったから」

「泊《と》めてもらう代わりに勉強を教えるって約束。わたし、ユキにちゃんとお返ししたい」

つかさの語調は、いつもより少し強く感じた。

私が断る理由なんてちょっとのんびりしたいというものしかないので、

「うん、じゃあ勉強教えて！」

と答え、リビングのテーブルの上に勉強道具を並べる。

「じゃあ、数学にしよう」

「う……うん……」

「苦手なの？」

「一番の苦手と言っても過言ではないかも……いや、古文も、ううん、日本史も……」

「ふふ、ユキって面白《おもしろ》いね。じゃ、やろっか」

「あ、はい」

ごにょごにょと続けていた私の言葉をさらっと流して、つかさは問題集を開いた。

「まず、一回解いて。わたしが採点して、ユキの傾向《けいこう》を知りたい」

「お、おっけー」

私は問題集の中から、つかさが指示した問題を数問、解いた。

「百点満点だとすると、七十点」

「おおっ、意外とやるじゃん、私！」

「えっ――――ううん、ユキにとってはそうなんだね」

つかさの反応がちょっと気になるけれど、一度見たことのある形式の問題だったので、四十分ほどかけてほとんどつっかえずに解くことができた。

間違《まちが》えた部分も、つかさと一緒《いっしょ》に解説を見てすぐに理解することができた。

「じゃあ、次。今度はこっちのを解いてみて」

つかさが示したのは、同じ問題集の別のページのものだった。問題数は、さっきと同じ。

「じゃあ、二十分計る」

「短っ！」

「これでも長いと思うけど。まずは一回お試《ため》し」

つかさはスマホのタイマーを起動して、スタートボタンを押した。

問題の難易度は、中間試験よりもちょっと簡単かなって手応えだった。

「はい、じゃあここまで」

あっという間に、二十分が経過した。途中《とちゅう》の問題が難しくて時間を消費してしまい、最後まで辿《たど》り着《つ》かなかった。今見ると最後の方の問題は解けそうだったので、辿《たど》り着《つ》かなかったのはもったいない。

「じゃあ、採点するね」

私は採点しているつかさの姿を眺《なが》めていた。

さっき私が問題を解いている二十分の間、つかさはスマホで動画を見るでもなく、私のノートを見るでもなく、ぼーっとしていた。

何なら、少し寝《ね》ていたかもしれない。それでも電車で目的の駅に着くと突然《とつぜん》起きるサラリーマンのように、二十分ぴったりでタイマーを止めていたことを思い出していた。

「……うん」

つかさは採点を終え、一度頷《うなず》く。

学校のテストではないけれど、結果を聞くのにちょっと緊張《きんちょう》していた。

「百点満点だとすると、三十四点」

「え、思ったより低い。さっきと同じくらいの難易度だったのに、半分以下……」

「だろうね」

つかさは納得《なっとく》したように頷《うなず》いてから、普段《ふだん》のぼーっとした様子からは想像つかないくらい冷静に分析《ぶんせき》を述べていく。

「ユキの性格傾向《けいこう》が出てると思う。特別な解法とかそれ以前の問題」

「うぅ……」

「まず大前提として、そもそも公式を覚えてないとか、解法を知らないっていうのはある。でもテストの点数ってとこに絞《しぼ》れば、ちょっとやり方を変えるだけで点数は上がるはず」

「え、ホント？」

聞き返した私に、つかさは流暢《りゅうちょう》に述べる。

「テストのテクニックの問題。単純なことひとつ、教えるね。解く問題の取捨選択《しゅしゃせんたく》が必要。わかりやすく言うと、問題を普通《ふつう》に解く時とテスト形式の時で同じやり方をしちゃってる。問題を前からしか解いてないから、詰《つ》まった時にそこで時間を消費しちゃって、解けるはずの問題も落としちゃってる」

「あ、それ、前から思ってたことだ」

「じゃあ、もっと問題。わかってるのに、やらなかった」

「うぐっ」

ひるみを見せた私に対して、つかさは指を立てて諭《さと》すように言う。

「知識をつけることとテストのテクニックを身につけること、その両方がユキには必要。やっぱり確信した。学校の定期試験くらいなら、わたしが教えられる」

「定期試験くらい……くらい……」

「あと、ユキにとって大事だなって思うことがもう一個」

「まだあるの……」

と少し嫌《いや》そうな声が出ていた。そんな私を無視して、つかさは続ける。

「自己認識《にんしき》を正確にすること」

「どういうこと？　いや、言葉の意味はわかるけど」

「じゃあ、そのままの意味。何ができていて何ができないか――」

つかさは言って、一度神妙《しんみよう》な声のトーンに変わる。

すぐに元の通りの声に戻《もど》して、続ける。

「勉強だったら、何を覚えていて何を覚えてないか。どこが得意でどこが苦手か。選択《せんたく》問題が得意なのか記述が得意なのか。その上で『思ったよりできた』とか『思ったよりできなかった』を極力なくすこと。ユキは今日、どっちも言ってた」

つかさが語る私の性質というものには、納得《なつとく》せざるをえなかった。最初の問題は思ったより解けたし、時間制限をつけた方は手応えの割に点数は低かった。

「言われてみれば、これまでのテストもそういうの多かったかも」

「やっぱり」

「我ながら、高校受験はよく受かったな……運？」

「一概《いちがい》に運とは言えない。ユキのやり方は正面突破《とっぱ》だから、噛《か》み合《あ》えば凄《すご》く力を発揮すると思う」

堂々と言うつかさに対して私は「それって」と切り出す。

「やっぱ運じゃん」

「そっか……かも」

「そこはほら、運も実力のうちとか言ってよ」

「運はあくまで運。摑《つか》んでも実力がなければ、結果は手からこぼれるだけ」

つかさの声はすごく真剣《しんけん》なものだった。

時折見せるその雰囲気《ふんいき》に、つかさは何かを抱《かか》えているのだと感じていた。

「そうだね。うん、まずは頑張《がんば》らないと！」

だからこそ私は、そう答えていた。

せっかく教えてもらえるのだから、四の五の言わず頑張《がんば》る。つかさのことはあくまでつかさのことだから、私は私のことをするのだ。

その後、もう三十分くらい勉強をした。

今晩も私がご飯を作って食べ終えて、私たちはそれぞれお風呂《ふろ》に入ってから、寝《ね》る準備をするのだった。

「あ、部屋着……早速《さっそく》」

ドライヤーで髪《かみ》を乾《かわ》かしている途中《とちゅう》のつかさに、私はそう声をかけた。

つかさは今日の買い物で買った部屋着を着ていた。すぐ着るために購入《こうにゅう》したのだから、当然と言えば当然かもしれないけど。

光沢《こうたく》のある水色のサテン生地《きじ》の半袖《はんそで》シャツ。一番上のボタンは開けていて、ブラがちょっと見えている。それも今日一緒《いっしょ》に買ったもので、深みのある高級感ある黒の雰囲気《ふんいき》は部屋着と合っていた。ショートパンツの丈《たけ》は短くて、つかさのすらっとした足の長さを強調している。

つまり何を思ったかというと、女の私から見ても控《ひか》えめに言ってえっちだった。あくまで控《ひか》えめに表現して、えっちという言葉に何とかおさまるくらいだ。

「変……？」

「変……なんてことない。むしろ変なのはこっち……じゃなくて、似合ってる！　機能性重視で買ったって言ってたけど、デザインもつかさに合ってるよ。可愛《かわい》い」

「ふふ、可愛《かわい》いだって。嬉《うれ》しいな」

つかさは私の言葉を受けて、微笑《ほほえ》んだ。

自然なその表情の変化は、部屋着姿と相まって、私の中の未知の感情が刺激《しげき》されている感じがする。

私はそのこともあって、ある提案をすることにした。

「ねぇ、寝《ね》る場所のことなんだけど……ベッドとソファで一日交替《こうたい》にしたい。それでいい？」

「どうして？」

つかさは全く何もピンときていないようだったので、私は説明をする。

「だって……ほら、昨日はまだ狭山《さやま》さんと別れてないって知らなかったから仕方なく流れで一《いっ》緒《しょ》にベッドで寝《ね》たけど……もう詳《くわ》しく聞いちゃった」

「それだと、ダメなの？」

「ダメ……かどうか正直わからないけど、私は良くないと思う。浮気《うわき》じゃないっていうのはもちろんだけど、なんとなく狭山《さやま》さんに悪いなって私が思っちゃう」

「わかった。ユキがそう言うなら、その通りにする」

思ったよりもあっさりと、つかさは私の提案を呑《の》んだ。

つかさのことをちょっとえっちだって思ってしまったのは恋愛《れんあい》感情とは違《ちが》うし、同性だし性欲とも違《ちが》うんだろうけど、やっぱりなんとなく狭山《さやま》さんへの罪悪感があった。

そう、罪悪感って言葉が一番、いまの私の感情に相応《ふさわ》しいと思う。

「じゃ、今日はわたしがソファに行く。ユキがベッドだね」

「うん……ごめんね」

「なんで謝るの？」

「ううん、そうだね。謝るのは違《ちが》うよね、じゃ、そういうことでよろしく！」

自分が謝った理由はわかる。つかさが独りは寂《さび》しいと言っていたのを聞いていたにもかかわらず、別々に寝《ね》る提案をしたからだ。

「……ふぅ」

話が終わってから五分くらいして、つかさは髪《かみ》を乾《かわ》かし終えた。長い髪《かみ》をふたつ結びにして体の前に垂らしている。

ちょっと幼さも感じる印象になって、こっちの路線も可愛《かわい》いなって思っていた。

その後はお互《たが》いにそれぞれ歯磨《はみが》きをしたりちょっとスマホを見て過ごしたりしてから、日付が変わる前には部屋の電気を消した。

電気を消してからしばらく、私は寝付《ねつ》けなかった。

扉《とびら》を一枚隔《へだ》てたところにつかさがいる。その非日常が落ち着かないんだ。

「つかさ、起きてる？」

私はリビングのソファにいるつかさに向かって、そう声をかける。つかさの寝付《ねつ》きの良さは昨日と一昨日で思い知っていたから、半分くらいは寝《ね》ているだろうなって思っていた。

けれども、つかさからは時間差で返事があった。

「……うん」

「なら、ちょっと話さない？」

「いいよ」

つかさの返事を受けて、私はベッドでうつ伏《ぶ》せになってから引き戸を開け、言葉を続ける。

「つかさってさ、なんで勉強できるの？」

補習の時の古文もそうだし、今日教えてもらった数学もそう。そして今日わかったことだけど、いつも脱力《だつりょく》してるように見えて、色んなことを理論的に考えてもいる。

寝付《ねつ》けないからちょっと話す。そういう単純な意図で深い意味はなかったのだけれど、つかさは熟考しているようだった。答えたのは、一分ほどしてから。

「たくさん勉強したから」

確かに当たり前のことなのだけれど、その短い一言にたくさんの意味がこもっているのを感じる。私が小さな声で「うん」と答えると、つかさは続けた。

「小さい時に、できると思ったことがうまくできなくて、失敗して、お母さんをがっかりさせちゃった。それ以来、お母さんはわたしに期待しなくなっちゃって」

つかさの声は静かで、かすかに震《ふる》えていた。

「でも、勉強って数字で結果が出るから。数字は誰《だれ》が見ても上下が明確だからこそ、お母さんも認めてくれる気がした」

私がした質問の軽さに対して、答えはすごく重かった。

変わらない調子で、つかさはさらに続きの言葉を口にする。

「現に、成績が上がったら、少なくともそのことについては評価してくれた」

その一言が何を意味しているのか、私は考えずにはいられなかった。けれども口に出すことはせず、つかさの言葉を待った。

「認めてもらえることが嬉《うれ》しかった。だから一時期、ひたすら勉強してた。今できるのは、その時の貯金」

私はベッドから立ち上がり、リビングへ移動した。

ソファで横になっているつかさの傍《かたわ》らに、ソファを背もたれ代わりにして床《ゆか》に座る。

「ユキ……？」

「ちゃんと話聞きたいって思ったから、こっちきた」

「……いいの？」

「何が……って、ああ、別々に寝《ね》るって話か……うん。一緒《いっしょ》に寝《ね》るんじゃないなら私も、気にすることないし」

昨日つかさは寂《さび》しいって言葉で言っていたけれど、言葉として発していない今日の方が、つかさの気持ちが強く伝わってくる気がする。

一息ついてから、つかさは言葉を続けた。

「わたしには、何もないから。空っぽだから。勉強で満たすのは丁度良かった」

つかさの感覚を、私は理解することができなかった。けれども話していることから、どういう過程と想《おも》いがあったかということを理解することはできた。

「わたしに何もないから、玲羅《れいら》も……」

言いかけて、つかさは言葉を止める。それは、つかさにしては珍《めずら》しいことだった。

狭山《さやま》さんとの別れ話の詳細《しょうさい》を、私はまだほとんど聞いていない。

そこからまだ二日しか経《た》っていないのだから、つかさの中でカサブタにすらなっていないっていうのは想像に難《かた》くないし、私からはとても切り出せない。

そして、もうひとつ聞いていないことがある。

つかさとつかさの親との関係だ。

積極的に話したくないことだっていうのは、つかさを見ていればわかる。なのにどうして、お母さんとのことを少し話してくれたのか——つかさは私の気持ちを大事にしてくれているからだろう。

「話してくれて、ありがと」

だから私は、自然とそう口にしていた。

勉強が得意なのは、生まれつきとかそういうことじゃない。

つかさがつかさの理由で勉強と真剣《しんけん》に向き合って得た結果なのだ。

それを私に教えるというのは決して簡単なことじゃなかったはずだと、つかさと話していて、私は理解することができた。

「ありがと。私ちゃんと頑張《がんば》る——……ってつかさ?」

「……………すー……すー…………」

聞こえなかったのかと思ってもう一度言ったけれど、違《ちが》った。今の私からすると上方、つかさが眠《ねむ》るソファの方から小さな寝息《ねいき》が聞こえる。

「……もう寝《ね》たのか」

さっきまで話していたのにもう寝《ね》てしまうなんて、異次元の寝付《ねつ》きの良さだった。私が話しかけたから、頑張《がんば》って起きていてくれたのだろうか。それで、あんなに大事な話をしてくれたのだろうか。

「認められたくて……か」

私が勉強を頑張《がんば》りたい理由は、ひとり暮らしを続けたいっていう即物《そくぶつ》的なもの。

でも、認められたいって感覚はわかるよ、私も。

つかさのことを少し知った。そして知らないことが増えた。

これまでの友達付き合いとは、ちょっと違《ちが》うなって思った。

もっともつかさがもう友達かどうかというのは審議《しんぎ》が必要だけど、私も眠《ねむ》くなってきて、細かいことは考えられなくなってきていた。

なんだかベッドに戻《もど》る気力すらなくなってきて、私はそのまま目を閉じてしまった。

3　壊《こわ》してしまいたい

傍《かたわ》らから、スマホのアラームの音が聞こえる。

寝坊《ねぼう》しないように、デフォルトで入っている音源の中で一番不快なメロディを設定している。そうして体が音を警戒《けいかい》するようになったおかげでアラームより先に目覚めることも多いのだけれど、今日はばっちり嫌《いや》な気持ちで目が覚めた――のだが、近くに熱を感じていた。

「……つか……さ？」

薄《うす》い掛《か》け布団《ぶとん》の中に、つかさが丸まって眠《ねむ》っていた。まるで猫《ねこ》みたい……というのは置いておいて、私は混乱を隠《かく》せない。

「えっ！　えっ！」

昨晩つかさはソファで寝《ね》て、私はソファに寄りかかって床《ゆか》で寝落《ねお》ちしてしまったはずなのだけれど、今はふたり揃《そろ》ってベッドの上にいた。

「ん………ユキ………」

寝起《ねお》きのつかさの声を聞いて、鼓動《こどう》が一気に速くなる。寝《ね》る時はひとつしか開けていなかったシャツのボタンが、今はふたつ開いている。そのせいで下着と胸の谷間が見えて、寝起《ねお》きで紅潮した頰《ほお》と半開きの視線が合わさって、さすがに扇情《せんじょう》的だ。

「あ、あのさ！　なんでベッドにいるんでしょうか！」

私は自分の感情を隠《かく》すために話題を変えることにした。すごく不自然に声を張った棒読みになった。

「昨日の深夜にちょっと起きちゃって。ユキが床《ゆか》で寝《ね》てるのは可哀想《かわいそう》だから、ベッドに連れてった」

「あ、そうなんだ……ありがと」

「それでたぶん、わたしもそのまま寝《ね》た」

「そういうことかー」

偶然《ぐうぜん》だし私を気遣《きづか》ってくれてのことだし、怒《おこ》るのもなんか違《ちが》うなと思ったら、気が抜《ぬ》けた。

ぼんやりとした表情のつかさを見て、昨日の弱々しい声が脳裏《のうり》を過る。その瞬間《しゅんかん》、無防備な姿のつかさからつい目を逸《そ》らしていた。

「あっ……」

「ん……？」

つかさは首を傾《かたむ》けているだけで、私が何を考えているのか全くわかっていないようだった。

私自身も、なんで心臓がいつもより速く動いているのか——ドキドキするのかがわからなかった。

「顔、洗ってくる！」

私は顔を洗いながらようやく、それがつかさの脆《もろ》い面——つかさが勉強を頑張《がんば》ったのはお母さんに認められるためだったという過去——を知ったことによるものだと理解した。決して恋《こい》のドキドキではない。知らなかった一面を知ったがゆえの、緊張《きんちょう》感に近いドキドキだ。つかさは私のことをまだほとんど知らないのに、私はつかさのことを少し知った。その距離《きより》感への戸惑《とまど》い——それだけのことだ。

そのことに気づくと胸のドキドキも自然と落ち着いてきて、私は朝食を作り始めることにするのだった。

「——っと、お弁当もだ。つかさの分も」

今日は月曜日で学校だから、ふたり分のお弁当を作らなくてはいけない。つかさは料理ができないって言っていたから、役割分担も何もなく私が作ることにした。

お昼は別々にするっていう手もあったけれど、ひとり分もふたり分もあまり手間は変わらない……どころか材料費を半分ずつ出せば実は私の方がちょっとお得だから、丁度いい。

お弁当箱は昨日のうちに買っておいた。私のお弁当箱の半分くらいの大きさなので足りるか心配だけれど、つかさが選んだので大丈夫《だいじょうぶ》だろう。

「もうつかさが泊《と》まることになって三日目か——……ん、まだ？　どっちだ？」

学校では誰かが勘《かん》づいたりして、つかさと狭山《さやま》さんが別れた——正確には距離《きょり》を置くことにした——という噂《うわさ》が流れたりしているのだろうか。

そういう事情には詳《くわ》しくないから、弓莉《ゆみり》に訊《き》いてみようと思った。そもそも弓莉《ゆみり》に、つかさと一緒《いっしょ》に暮らすことになったと話してはいなかったし、それも話すことになるだろう。

弓莉《ゆみり》がどういう反応をするのか、全く想像がつかなかった。

「はー……」

朝食を食べながら、私はため息をついていた。

「うん、美味《おい》しい」

一方のつかさはと言うと、焼き鮭《じゃけ》と卵焼きとお味噌汁《みそしる》を美味《おい》しそうに完食してくれていた。

食後の洗い物をしながら、ふとほとんど全ての家事を自分がやっていることに気づかされる。

料理以外の家事の分担をまだちゃんと決めていなかったなと思いながら、今朝は時間もないので私がささっと済ませてしまうことにした。

「……あれ、これもしかして一緒《いっしょ》に登校な流れ？」

制服に着替《きが》えて一通りの準備をしたところで、私はそう言った。

「ふぁ……」

つかさを一瞥《いちべつ》すると、制服に着替《きが》えてすらおらず、ソファに座ってうとうとしていた。

まだ登校時間まで余裕《よゆう》はあるけれど、今から準備するつかさを待っていたらギリギリになるだろう。けれどもつかさを置いて出るのもなんだかもやもやしそうだ。

「つかさ、行くよ！　準備して！」

「え……あ、もう時間……？」

私は身振《みぶ》りでつかさの準備を急《せ》かす。寝起《ねお》きと変わらず動きが鈍《にぶ》いので、仕方なくブラウスを着せたりボタンをとめたり髪《かみ》に櫛《くし》を通したりしてあげた。

「えへへ、楽」

「そんなこと言ってないで準備して！　お弁当も作ったんだから！」

「やった。おかずは？」

「いいから、早く準備！」

そういえば補習の時も遅刻《ちこく》をしていた。つかさは遅刻《ちこく》常習犯、テストですら休むことがある超《ちょう》マイペースだってことが私の頭からすっぽり抜《ぬ》けていた。

結局家を出たのは始業の十五分前で、早歩きでなんとか間に合うくらいの時間だった。

つかさには全く悪気がなさそうというか、遅刻《ちこく》に対して何も思っていないようだった。

「なんでそんな余裕《よゆう》なの？」

「学校だったら遅刻《ちこく》しても、そんなに大変なことにならないから」

と私には全く考えられない答えが返ってきたのが、その証拠《しょうこ》だった。

学校だったらと限定したのがちょっと気になったけれど、それを問《と》い詰《つ》めていると私まで遅《ち》刻《こく》しそうなので、途中《とちゅう》からは無言で歩くことにした。

学校まで近い方だからこそ、絶対に遅刻《ちこく》はしたくない。

「じゃ、行くね」

なんとか始業の一分前に校門をくぐり、始業のチャイムが鳴るのとほとんど同時に教室に着いた。つかさは別のクラスなので間に合ったかはわからないが、今はどうでもいい。

教室に入った時、弓莉《ゆみり》と目が合う。

「………！」

弓莉《ゆみり》はすでに自分の席に座っていて、私が「間に合ったー」と視線で伝えると、からかうようなウインクが返ってきた。

私が席についたのとほとんど同時に、担任の瀬尾《せお》先生が教室に入ってきた。一限目はロングホームルームで、まずは体育館で朝礼が行われる。

（また移動かー……）

と思いながら、私は体育館に向かうことにした。

「おはよー。ガチでギリギリだったね」

教室の扉《とびら》の横に弓莉《ゆみり》が待っていて、そう声をかけてきてくれた。

「ホント、危なかった。瀬尾《せお》先生、自分より後に教室に入ってきたら容赦《ようしゃ》なく遅刻《ちこく》にするから」

「融通《ゆうずう》ゼロってか、楽しんでるタイプだよねぇ。にしても拝島《はいじま》が遅《おそ》いの珍《めずら》しいよね。寝坊《ねぼう》？」

「寝坊《ねぼう》ってか、えっと、うーん、どっから話せばいいんだろ」

「えー、何々ぃ拝島《はいじま》？　何があったの？　気になるんだけどぉ」

「ちょっと整理するから、昼休みにね……ほら」

クラスの生徒と一緒《いっしょ》に体育館に向かう瀬尾《せお》先生が、廊下《ろうか》でおしゃべりしている私たちに視線を向けているのがわかる。にっこりとした笑顔《えがお》が「喋《しゃべ》ってないで早くしろ」と語っているのがよくわかる。

「あー……瀬尾《せお》センセーめっちゃ見てるぅ。じゃ、昼休みに教えてね」

この後は体育館で、先生たちの話を聞き流しながら、朝礼が終わるのを待った。


四限が終わるまで、いつも通りに授業を受けて過ごしていた。

いや、つかさが勉強ができるようになった理由を聞いたからこそ、いつも通りではなく、いつもより真剣《しんけん》に授業を聞いていたと思う。


そして、昼休み。

弓莉《ゆみり》とご飯を食べるのはいいとして、今日はつかさとのことを話さなくてはいけない。

私は自分で作った甘辛味《あまからあじ》の生姜《しょうが》焼きを食べながら、「えっとね」と切り出すことにした。

休み時間にどういう風に話すかを考えていたから、思ったよりスムーズに状況《じょうきょう》を伝えることができた。雨宿りをするため神社へ行った時につかさに会い、家に帰れないからうちにしばらく泊《と》めることにした、その代わりに勉強を教わるようになったこと。

「なるほどねぇ。そういえば碧海《あおみ》さんって、親と何かあるって噂《うわさ》があったような」

「ううん、それは言わなくて大丈夫《だいじょうぶ》。確かなことかわからないし、家族の話とか、できれば本人から聞きたいし」

つかさが親に頼《たよ》れないと言っていたと話した時、こういう会話があった。私はその噂《うわさ》すら知らないけれどそれでいい、弓莉《ゆみり》に伝えた通りのことを思っていた。

つかさと狭山《さやま》さんのことをどこまで話すかは少し迷ったけれど、先週公園でキスしていたことを伝えていたので、ふたりが距離《きょり》を置くという選択《せんたく》をしたことも話した。

もちろん、雨宿りをしている時にブラウスを借りたこと、ベッドで私を引き留めたことは話さなかった。

それでもなお――。

「え、それ大丈夫《だいじょうぶ》なのぉ？」

と、弓莉《ゆみり》は至極《しごく》真っ当な反応をした。

「保護者のことは……まあ、色々あるし、つかさが対応してるとは思うけど」

「それもそうだけどぉ……やっぱり狭山《さやま》さんとのことの方が気になっちゃうなぁ。だってまだ付き合ってるわけでしょ、一応。カノジョが他の女の家に泊《と》まってたらぁ……それ、気にするんじゃない？」

「だよね、正直ちょっと思う」

思っていたことそのままを弓莉《ゆみり》から言われて、私は同意するしかなかった。だからこそきちんと主張しておかなくてはいけないこともあると思い、続ける。

「でも大前提として、同性同士。その上でお互《たが》い恋愛《れんあい》感情はないんだし——だったら、気にすることは何もないのかなって」

「拝島《はいじま》、『どこからが浮気《うわき》かぁー？』みたいな哲学《てつがく》の域に片足つっこんでない？」

「い、いやそんなことは……」

私は自分が弓莉《ゆみり》から目を逸《そ》らして答えているのがよくわかった。

自分でも考えてはいて、答えが出ていないところを指摘《してき》されてばつが悪い。弓莉《ゆみり》は私の迷っている態度に気づいたのか、「あのさ」とさらに言葉を続ける。

「碧海《あおみ》さんは同性が好きなのか、碧海《あおみ》さんにとって狭山《さやま》さんが特別なのかはわかんないけどぉ……うちだったらちょっと嫌《いや》かも、狭山《さやま》さんの立場」

「うん……」

「あ、ごめんね。拝島《はいじま》は親切心だと思うし、責めたりお説教したいわけじゃないんだ。ただつい、ちょっと感情移入しちゃってぇ。拝島《はいじま》の言う通り、恋愛《れんあい》感情とか……やましい気持ちとかがないんだったら、男女関係なく、友達だって言えると思うなぁ」

弓莉《ゆみり》は自分の顔の前で両手を合わせてから、真剣《しんけん》な表情に変わる。

「ねぇ、拝島《はいじま》」

そのまま、ゆっくりと言葉を紡《つむ》ぐ。

「拝島《はいじま》は碧海《あおみ》さんに、恋愛《れんあい》感情はないんだよねぇ？」

「え……？　もちろん、そうだよ」

「今後も……抱《いだ》かない？」

「え、今後……？」

弓莉《ゆみり》の質問が私にとって予想外のことだったので、どう答えればいいのかわからなくなってしまった。

私は一瞬《いっしゅん》、つかさを見た時に湧《わ》いてきた感情を思い出す。下着姿だったり、下着姿だったり……あれ、なんかつかさの下着姿を見た回数多くないか？

「……ごほっ、げほっ」

――それはともかく、その時に……えっちだとか扇情《せんじょう》的だとか思ったけれど、それはグラビアやネットでセクシーな画像が目に入っちゃった時と同じ感覚だ。同級生に対してそう思っちゃうのは気が引けるが、それはつかさの肉体的な造形上仕方ないと思う。

だから弓莉《ゆみり》の言う通り、恋愛《れんあい》感情とは違《ちが》うのだと思う。恋《こい》ってよくわからないけれど、自分の中で感情の整理ができているってことは逆算的に、恋《こい》じゃないってことだと思うから。

私の知る限り、恋《こい》ってもっとぐちゃぐちゃで、ややこしいことだと思うから。

「うん、今後も変わらないんじゃないかな」

「えっと、マジぃ？　でもでも、なんでちょっと自信ないの？」

「だって恋《こい》ってホントにわかんないから。あ、少なくとも、つかさが狭山《さやま》さんと明確に別れない限りは絶対ないって言える」

「そっか――うん、そうだよねぇ。だってその場合は完全に浮気《うわき》になっちゃうもんね」

その場合。私がつかさに対して恋愛《れんあい》感情を抱《いだ》いた上で、手を繋《つな》いだり添《そ》い寝《ね》したり……うん、それはさすがに私でもわかる。やばいって。浮気《うわき》だって。

「そう、それは間違《まちが》いない！　私、そういうのに巻き込まれたくないし。何よりさ、つかさが私に――なんてまずあり得ないよ。まだ二日間しかいないけどよくわかる。つかさ、狭山《さやま》さんのことすごく好きなんだってこと」

「そうなんだ。なら、うちちょっと失礼だったね、ごめん」

弓莉《ゆみり》からすると、つかさ側の視点の方が納得《なっとく》できたようだった。

私に対してどうこうではなく、つかさから狭山《さやま》さんへの想《おも》いを考慮《こうりょ》したということだ。

「まあ、私のことじゃないしね。とにかくつかさに勉強教えてもらえるわけだし……」

私が言うと、弓莉《ゆみり》は「あ」と話を変える。

「気になったんだけどぉ……碧海《あおみ》さんのこと名前で呼んでない？　先週は違《ちが》ったじゃん」

「ああ、確かに。なんか名前呼びになったね、楽だし」

「そっか……うん。呼び方も変わるし、家行くのも先越《こ》されちゃうしぃ」

「えー、弓莉《ゆみり》、そもそも中学の時、塾《じゅく》では名前で呼んでたじゃん。家に来るのはまあ……つかさもいるし、ちょっと落ち着いてからね」

「へーい」

ちょっと不機嫌《ふきげん》そうに唇《くちびる》を尖《とが》らせて、弓莉《ゆみり》は答えた。

弓莉《ゆみり》が高校に入ってから苗字《みようじ》呼びに戻《もど》った理由も、私はまだ聞けていなかった。何か明確な理由があるのかわからないけれど、弓莉《ゆみり》が話さないならそこには理由があるはずだと思っているから、踏《ふ》み込むことはしない。

その後は、何でもないような話をしながらお弁当を食べた。

弓莉《ゆみり》はどこかそわそわというか落ち着かない雰囲気《ふんいき》で、ふわふわとした会話をして昼休みが終わる。

次の休み時間にはもう、弓莉《ゆみり》はいつも通りに戻《もど》っていたのだった。


放課後、私はつかさと一緒《いっしょ》に帰る約束をしていないことを思い出した。

道がわからないってことはないと思うんだけど、家の鍵《かぎ》を持っているのは私だけ。

「じゃ、うち部活行ってくる」

「いってらっしゃーい」

スマホで連絡《れんらく》をしようとしている私をよそに、弓莉《ゆみり》は教室を去って行った。

弓莉《ゆみり》と入《い》れ替《か》わりに、教室の入り口には見慣れた高身長の生徒が現れた。

碧海《あおみ》つかさが、私の教室を訪《おとず》れていた。

「ユキ、帰ろう」

「あ、つかさ。いま連絡《れんらく》しようと思ってたんだ」

と、ここまではよくって。

その後ろに現れたもうひとりの生徒の存在に、私の肝《きも》はすっと冷えた。

「…………貴方《あなた》」

狭山玲羅《さやまれいら》が、つかさの後ろに腕組《うでぐ》みをして立っている。

その姿は、まるで仁王《におう》立《だ》ち。

つかさより少し髪《かみ》が短くて、少し背が低い。クール系のつかさに対して可愛《かわい》い系の美人として有名な生徒なのだけれど、いまこちらに向けている表情にはただならぬ迫力《はくりょく》を感じた。

「え、え、わ、私？」

何故《なぜ》自分が狭山《さやま》さんに話しかけられただけでこんな風に動揺《どうよう》するのか、後追いで理由がわかった。

弓莉《ゆみり》につかさとの話をして、弓莉《ゆみり》は狭山《さやま》さんの立場になったら自分は嫌《いや》だと言って、その狭《さ》山《やま》さんが私の目の前に現れたからだ。

狭山《さやま》さんは私を見据《みす》えて、静かに頷《うなず》いてから言う。

「ええ、拝島雪《はいじまゆき》さん……貴方《あなた》のこと」

声のトーン自体は穏《おだ》やかだったのだけれど、物凄《ものすご》い迫力《はくりょく》が籠《こ》もっていた。どうすれば声にこんなにも感情を込《こ》めることができるのだろうと疑問に思う程《ほど》だ。

その証拠《しょうこ》に。

「えと、あと、その、わわわわ、ごめんなさい、その、あの……」

と、私はめちゃくちゃ焦《あせ》っていた。

狭山《さやま》さんは腕組《うでぐ》みをしたまま肩《かた》をすくめてから言葉を続ける。

「この後……話があるから」

「ちょっと玲羅《れいら》!」

「つかさにもだから。一緒《いっしょ》に来て」

「は……はい……」

私は狭山《さやま》さんに呼ばれて、頷《うなず》くことしかできなかった。

「わかったよ」

つかさもどこかピリピリとした声で返事をしたのを受けて、狭山《さやま》さんは答える。

「移動するから。学校で話すことじゃない」

狭山《さやま》さんの言葉に、私は従うことしかできなかった。私がそういう態度だからか、つかさも同じようにしていた。

わけもわからないまま、そして一言も発さないまま学校を出て駅前に向かった。

北口にある喫茶店《きっさてん》を指さしてから、狭山《さやま》さんは入っていく。私からするとちょっと単価の高いお店だったけれど、とても物申せるような雰囲気《ふんいき》ではなかったので、私たちも続く。

「座って」

店員さんに案内されたテーブル席につくと、狭山《さやま》さんが座るように促《うなが》してきた。

私はつかさと隣《となり》同士に座って、私たちの向かい側に狭山《さやま》さんが座った。ベロア生地《きじ》の高級感あるソファだ。テーブルもアンティークっぽくて、慣れないお店に緊張《きんちょう》してしまう。

その緊張《きんちょう》感を一気に消し飛ばしたのは、目の前で私たちから視線を一切《いっさい》外さない狭山玲羅《さやまれいら》の存在だった。

「紅茶……ミルクで。つかさはホットコーヒーでいいよね。貴方《あなた》は？」

「あ、私は、カフェオレで……」

私の言葉に返事せず、狭山《さやま》さんはメニューをぱたんと閉じた。

慣れた調子で店員さんに注文をしていて、その時だけは私たちから視線を外していた。

狭山《さやま》さんが何に関する話をしようとしているのか、想像がついていた。私たちの接点なんて、今はたったひとつしかないはずだから。

飲み物の前に運ばれてきた水を一口飲んだのとほとんど同時、狭山《さやま》さんが話を切り出した。

「……つかさは、貴方《あなた》の家にいるの？」

「…………ごほっ、ごほっ……ごほっ……」

前置きのないあまりに直球な言葉を受けて、露骨《ろこつ》に動揺《どうよう》してしまった。

「ねえ、玲羅《れいら》」

「今はつかさに聞いてない」

「そうかもしれないけど、いきなりユキのこと連れてきた」

「だから？」

狭山《さやま》さんはつかさの言葉に即答《そくとう》したが、つかさもまた狭山《さやま》さんの言葉に即答《そくとう》する。

「ユキ、困ってる」

「つかさ……大丈夫《だいじょうぶ》……」

つかさが私を心配してくれているのがわかったからこそ、私はふたりの会話に割って入ったのだが、その様子を見た狭山《さやま》さんはさらに表情を険しくして続けた。

「………ふたりはもうそんな風に呼び合ってるんだ。まず心配しなくてもいい。ここのお会計は私が出すから。ケーキでもつける？」

「えっ…………はい……」

私が答えると、狭山《さやま》さんは少し驚《おどろ》いたような表情を浮《う》かべた。

「ユキ……」

つかさですら思うところがあるらしい。

「モンブランでいい？」

「いえ……あの……チョコので…………」

たぶんこういう雰囲気《ふんいき》ではケーキを頼《たの》まないのが正解なのだろう。そしてせめて勧《すす》められたもので了承《りょうしょう》するのが普通《ふつう》なのだろう。

気づいた頃《ころ》にはすでに遅《おそ》く、狭山《さやま》さんはガトーショコラの追加注文を済ませていた。そのまましばらく無言の時間が続く。店員さんが飲み物とガトーショコラを持ってきてくれて、全員が口をつけたところで、狭山《さやま》さんが再び口を開いた。

「話が逸《そ》れたから、もう一回聞く。つかさは、貴方《あなた》の家にいるのね？」

「……はい、そう……です」

さっきよりは少し、気持ちが落ち着いていた。チョコの甘さを感じたおかげかもしれないから、その意味ではケーキを頼《たの》んでもらって良かったのかもしれない。

「敬語はやめて。同い年なんだから」

「う……うん」

正直、狭山《さやま》さんは同い年とは思えない。容姿が垢抜《あかぬ》けているっていうのもそうだけど、こういうちょっと高そうな喫茶店《きっさてん》に来ても全く怖《お》じ気《け》づいていないところとか、そもそもの堂々とした態度とか、そういうところがだ。

容姿では隣《となり》に座るつかさも同い年とは思えないけれど、つかさの場合は話してみると想像よりも話しやすかったから、ある意味真逆だ。

もっとも狭山《さやま》さんの今の態度は、ただならぬ感情が理由だっていうのもわかるけれど。

「なんで、知ってるの？」

「これ、見て」

狭山《さやま》さんは、私に一枚の紙を手渡《てわた》してきた。横長のレシートのような紙で、見てみるとそれは発送伝票だった。

手続きをしたのは日曜日、つまり昨日。荷物のサイズは120って書いてあるけど、それがどのくらいのサイズなのかはわからない。

「あっ、これ、うち宛《あ》てだ。今日の夜に到着《とうちゃく》の指定になってる」

「そういうこと。十九時以降指定なら家にいるでしょう？」

私が頷《うなず》いたのを見てから、狭山《さやま》さんは紅茶にミルクを入れてかき混ぜる。言葉と同じで勢いは強かったけれども、こぼすことも音を立てることもなかった。

「私たちの関係は——貴方《あなた》も知ってるとは思う。そこの詳細《しょうさい》は省く。とにかく、つかさは私の家に住んでいたけど、私たちは距離《きょり》を置くことにした。だからうちにある荷物を送ろうとしたら、つかさから送られてきた宛先《あてさき》が実家やホテルじゃなくて、貴方《あなた》の家だった」

狭山《さやま》さんの言葉を聞いて、私はつかさの方を見た。

「え、あ、つ、つかさ……？」

「………ごめん」

「いや、いいけど。次からはそういう時、私に聞いてね」

「………うん、そうする」

つかさと私が一通り話し終えるのを待ってから、狭山《さやま》さんは強い語調で「ねぇ」と言ってから続ける。

「そういうのは、後にして。これでつかさが貴方《あなた》の家にいるって言質《げんち》はとった。つかさ、自分からは認めなかったから」

話を遮《さえぎ》らなかったことに本来の行儀《ぎょうぎ》の良さを感じるけれど、声の強さで自分に注意を向けさせるのには逆立った気持ちを感じる。

私は狭山《さやま》さんの言葉を受けて、再びつかさの方を見た。

「……そうなの？」

「……うん」

「後でやって」

同じやり取りを繰《く》り返《かえ》そうとしたせいか、狭山《さやま》さんの言葉の勢いはさらに強くなる。

けれども喫茶店《きっさてん》の中だし落ち着こうとしたのか、一度目をつむった狭山《さやま》さんは、声の勢いを落としてから続けた。

「拝島《はいじま》さんのご両親にも迷惑《めいわく》をかけてしまっているんでしょうし、うちから拝島《はいじま》さんの家にはお詫《わ》びの連絡《れんらく》をする」

狭山《さやま》さんは私に向けていた視線を、今度はつかさに向け直した。

「だから、つかさ……うちに戻《もど》ってもう一度話し合いましょう」

その言葉はこれまでの感情的なものに比べて、かなり冷静に感じた。冷静を通《とお》り越《こ》して、あるいは冷酷《れいこく》。家に戻《もど》ってくるように促《うなが》しているにもかかわらず、突《つ》き放《はな》しているような雰囲気《ふんいき》すらある。

私は提案を受けたつかさよりも先に、狭山《さやま》さんへ答えていた。

「つかさはうちに泊《と》まる代わりに、勉強を教えてくれるって約束をした」

「……へぇ。でも、急に押しかけて家の人に迷惑《めいわく》をかけてることには変わりないんじゃない？」

「ううん。私、ひとり暮らしなので。保護者に迷惑《めいわく》はかかってない」

「ひとり……暮らし……？」

「――ん」

私は言ってから、自分の言葉が余計に話をこじらせてしまいそうな気がしてきた。

つかさはうちにいるどころか、私がひとり暮らしであることももちろん伝えていないようだ。狭山《さやま》さんが勘違《かんちが》いしてうちの親に連絡《れんらく》をすると言っているのは、それが理由だろう。

「私とまだ……付き合ってるのに……ひとり暮らし中の女の家に……」

狭山《さやま》さんは下を向いて、かすかに聞こえるような声で言った。

それはこれまでとは明確に違《ちが》う想《おも》いが滲《にじ》んだ言葉に感じた。

つかさと私に届かせるための言葉ではなく、狭山《さやま》さんの素直《すなお》な本音の吐露《とろ》に思えた。

「まさかもう、私から乗り換《か》えようとしてるってこと？」

発言が飛躍《ひやく》しているのも、明らかに冷静さを失っている証拠《しょうこ》なのだろう。

つかさにも何か言ってほしかったけれど、ひとりで何かを言っている狭山《さやま》さんを、何を考えているのか読めない目で見つめていた。

狭山《さやま》さんはいくつか何かを言いかけた後、私たちふたりの間を見ながら告げる。

「まさか、浮気《うわき》……？」

「あの、たぶん大きく勘違《かんちが》いをしてると思うんだけど」

「……何？」

「私たち、狭山《さやま》さんの思っているような関係じゃな――」

言いかけて、私の言葉は止まった。止められた。

（ちょ、ちょちょちょ！）

テーブルの下で、つかさが私の手を握《にぎ》っていた。

私の左手を、つかさの少し冷たい右手が握《にぎ》る。

どういう感情なのか全くわからない。

言葉の続きを待つ狭山《さやま》さんが私を睨《にら》んでいるから、つかさがどんな表情をしているのか見ることはできなかった。

「……だから、何？」

「いや、その、えっと………ん」

つかさは私の手《て》の甲《こう》に被《かぶ》せていた手をゆっくりと持ち上げ、そのまま指の腹で私の手《て》の甲《こう》をなぞった。

肌《はだ》の産毛《うぶげ》に優《やさ》しく指が触《ふ》れていく感触《かんしょく》が、ぞわぞわと背中を震《ふる》わせる。

三本の指を手《て》の甲《こう》を一周するようにゆっくりと動かして、つかさの指は私の指先へと移動する。

「んっ……」

つかさの指は私の指の間に一本ずつ絡《から》んでいく。

つかさの手のひらは柔《やわ》らかい布のように、私の手を包む。ゆっくりと、でもしっかりと。ふたりの指先同士が密着する。

「どうしたの？」

「い、いや……何でも………」

つかさの指は再びゆっくりと私の手から離《はな》れ、すぐに手のひらを合わせるように移動した。

私は反射的に握《にぎ》りこぶしを作ろうとしたけれど、つかさの指が私の手を開く方が早い。そのまま、指を互《たが》い違《ちが》いにして絡《から》ませる。

「と……とにかく！」

やめて、と言うこともできなかった。今何をしているか知られたら、ただでさえ怒《いか》り心頭の狭山《さやま》さんがどういう反応をするのか想像に難《かた》くない。

だから私は、狭山《さやま》さんとの話を早く打ち切ろうとしていた。

なのに、つかさの手は止まらない。

重なり合う手のひらに、絡《から》み合《あ》った指に、ぎゅっと力を入れた。触《ふ》れ合《あ》った肌《はだ》がじんわりと熱を持っていく。私の手からもつかさの手からも、かすかに汗《あせ》が滲《にじ》むのを感じていた。

テーブルの下で行われているから、狭山《さやま》さんからこの手が見えることはないだろう。

多少体を動かしたくらいじゃ、見えない角度の位置関係だ。

けれども狭山《さやま》さんに隠《かく》れて手を握《にぎ》っているという事実が、私の額に冷《ひ》や汗《あせ》を浮《う》かばせる。

（なんで……？）

心の中で出した声は当然、つかさに聞こえることはない。もし声を出せば、狭山《さやま》さんにも聞こえて不審《ふしん》がられる。

指を開こうとすると、つかさの細くて長い指が再び手を握《にぎ》らせてくる。

私はつかさの手から伝わってくるもどかしい熱を感じ続けるほかなかった。

「とにかく、何？」

「いや、だから！」

私は声の圧に驚《おどろ》いて、反射的に体を引く。

勢いよく私の体がぶつかったテーブルはがたんと揺《ゆ》れて、伝票が落下した。

「あ、ごめ……」

「気にしないで……こぼさないで良かったじゃない。大丈夫《だいじょうぶ》、私が拾うから」

狭山《さやま》さんはそう言ってくれたけれど、私は全然大丈夫《だいじょうぶ》ではなかった。

「あ、ちょ、ちょ……！」

伝票は狭山《さやま》さんの側に落ちている。拾おうとして狭山《さやま》さんが体を畳《たた》めば、テーブルの下が容易に見える角度に変わってしまうだろう。

「……何？」

「いや、落としたの私だし、私が拾うよ」

私が腰《こし》を浮《う》かせたのと同時に、つかさが私の手をさらに強く握《にぎ》った。

（なっ――！）

手よりも心臓が握《にぎ》り潰《つぶ》されそうな気持ちだった。

つかさの顔を見る隙《すき》もなく、私は落ちた伝票と狭山《さやま》さんの位置関係を把握《はあく》するのに必死になっていた。

「拾わないの？」

「拾う……拾うよ」

「やっぱり、手が届かないんでしょ。気を遣《つか》わなくていい」

「そそ、そうじゃなくて……」

　これ以上、言い訳の言葉は出てこなかった。

　狭山《さやま》さんの方からすれば、意味のわからないことを言っているのは私だろう。そんなことはわかる。わかるんだけど……。

「じゃあ、拾うから」

「あっ……ああっ……」

　大きな声を出しそうになるのを、必死に堪《こら》えていた。

　つかさは全く手を離《はな》す気がないのが、かすかに汗《あせ》の滲《にじ》んだ指先から十分に伝わってくる。

（終わりだ……狭山《さやま》さんに見られる……！）

　危機一髪《いっぱつ》だと覚悟《かくご》した私は、思わず目をつむっていた。

「……すみません、ありがとうございます」

　焦《あせ》っている私をよそに、狭山《さやま》さんは通りかかった店員さんにお礼を言っている。伝票はテーブルの上に戻《もど》っていて、私は時間差で状況《じょうきょう》を理解した。

　伝票は店員さんが拾ってくれた。これで狭山《さやま》さんにつかさと繋《つな》いだ手を見られることはなくなった。バクバクと高く鳴り続けていた心臓が、ようやく落ち着いてくる。

「拝島《はいじま》さん、暑いの？」

「え、いや、ちょっと……」

狭山《さやま》さんから指摘《してき》されて、私の額から汗《あせ》の雫《しずく》が垂れてくるのを感じた。その汗《あせ》の正体を伝えることなんて、私にはできない。

つかさはようやく、握《にぎ》った手をゆっくり開いて、私の手を離《はな》した。

横目で見たその表情は——微笑《ほほえ》んでいた。

（なんでなんだよぅ……）

体が一気に冷えていくのがわかる。私は一刻も早くこの場を去りたいと思っていた。そのせいか、私は自分から言葉を切り出すことができた。

「私はただ勉強を教わるために、つかさがうちに泊《と》まるのを許しただけ。狭山《さやま》さんの言うような浮気《うわき》とかそういうことは——絶対にない」

妙《みよう》にすっきりした思考で、私ははっきりと告げていた。

狭山《さやま》さんに思ったことを伝える緊張《きんちよう》感は、握《にぎ》った手を見られそうになったあの瞬間《しゆんかん》に比べればなんてことはないものだった。

「私からすると、変な疑いかけられたら……ちょっと嫌《いや》だよ」

「で、でも……！」

「もし疑うんだったら、つかさと直接話して」

私がそう言うと、狭山《さやま》さんはどこか自信なさげな声で答える。

「それは……」

「ふたりの恋愛《れんあい》の問題は、ふたりで解決してほしいって思うな」

続けざまに言ってから、私は「ごちそうさまでした。失礼します」と添《そ》えて立ち上がる。

自分でも驚《おどろ》くくらい、はっきりと伝えることができた。

席から離《はな》れて肩《かた》の力が抜《ぬ》けると、自分が緊張《きんちょう》していたのがわかった。あんなにはっきりと物を伝えることは、私の人生でも珍《めずら》しいと思う。

私が喫茶店《きっさてん》の席から出口に向かっていると、背中の方から狭山《さやま》さんに向けたつかさの声が聞こえてきた。

「ユキの言う通り。わたしはユキに泊《と》めてもらって、その代わりに勉強を教える。それだけ」

「だって……」

「それに——距離《きょり》を置こうって言ったの、玲羅《れいら》だよ」

ふたりの声は、適度に会話が飛《と》び交《か》っている店内でも、澄《す》み切《き》っていてはっきりと聞こえた。

その後も、狭山《さやま》さんが何かを言っている声が聞こえてきた。

けれども私は聞き耳を立てることなく、お店を出ることにした。

お店を出ると、曇《くも》り空《ぞら》。体が冷えていたせいで、それでも暑く感じる。エアコンで涼《すず》しいのに体の芯《しん》が冷えるという、とても変な体調だった。

「ユキ」

「……つかさ」

私がお店を出て駅に向かって歩き始めてすぐに、小走りでつかさが追いついてきた。

家までの帰り道、私たちは何も話さなかった。

家に帰ったのは、夕飯の時間よりも少し早い頃《ころ》だった。

十九時頃《ごろ》になるまでは一緒《いっしょ》に勉強をして、ご飯を食べることにした。なんだか疲《つか》れてしまったので、備蓄《びちく》してあるカップ麺《めん》を食べることにした。つかさはひとつ、私はふたつ。

ふたりで向かい合わせに座って、三つのカップ麺《めん》を間に置いて、時間を待つ。

「どうして、あんなことしたの？」

沈黙《ちんもく》を破ったのは、私だった。

つかさは一呼吸置いてから、真《ま》っ直《す》ぐに私を見て口を開く。

「……ユキが、不安そうだったから」

透《す》き通《とお》った瞳《ひとみ》は、何かを隠《かく》したりごまかしたりしているとは思えなかった。

私はつかさに色んなことを言おうとしていたけれど、そのせいで全然言葉が出てこなくなってしまった。

つかさの言う通り、私は狭山《さやま》さんに問《と》い詰《つ》められて動揺《どうよう》していた。それは不安と言《い》い換《か》えてもいい感情だと思う。

そして事実、つかさに手を握《にぎ》られた後、私ははっきり自分の意思を伝えることができた。

けれども——。

「狭山《さやま》さんにバレたら……どうするつもりだったの？」

言葉を選んだつもりだったけれど、思いのほかストレートな言葉を使っていた。

「ただでさえ、私たちがその……浮気《うわき》とか、なんかそういう関係だって勘違《かんちが》いしてたっぽいのに……手を繋《つな》いでるのを見られたら、決定的になっちゃうんじゃないの？」

「そうかも」

「はぁん？」

悪びれもせず言ったつかさに対して、なんだか変な声が出ていた。

「でも、玲羅《れいら》に見られたらどんな反応をするか……気になった」

「——え」

「すごく、ドキドキした」

一転して、私の背筋には悪寒《おかん》が走った。

つかさは、微笑《ほほえ》んでいた。それは喫茶店《きっさてん》で見せた表情とほとんど同じだった。これまでも何度か見たつかさの微笑《ほほえ》みとは違《ちが》う。もっと何か、恍惚《こうこつ》とも言える微笑《ほほえ》みだった。

「ドキドキしたって、どういうこと？」

「どうだろ、言葉にすると難しい。もしかしたら大変なことになっちゃうかもしれない、玲羅《れいら》がすごく怒《おこ》るかもしれないと思ったら——止められなくなった」

「そう——……なんだ」

「伝票を落とした時、玲羅《れいら》に見られるかと思ったらもっとドキドキした。でも……」

「でも……？」

「一番思ったのは、ユキがどういう反応するのか見たかったってことかも。ふふ、初めてで、変な感じ」

だから私が感じたのはやっぱり、悪寒《おかん》で間違《まちが》いないと思う。

怖《こわ》いとすら思った。

つかさの思考回路が全くわからなかったから。

結局私が質問したことで、わからないことが増えてしまった。

「つかさの言う感覚は私はわかんないけど、次からはやめてね」

「どうして？」

聞き返してきたつかさに、私は「だって」とすぐに答える。

「狭山《さやま》さんは嫌《いや》だと思うから。だからやめて」

「玲羅《れいら》が嫌《いや》かは、結局わからなかったよ？」

「くぅぅ」

話が通じなかったので、私は唸《うな》るしかなかった。なんか最近、よく唸《うな》ってしまっている気がする。

「私だって気が気じゃないから」

「嫌《いや》だった？」

「嫌《いや》……とは違《ちが》うかもしれないけど……うーん……なんて言うんだろ……ちょ！」

つかさはテーブルの向かい側から私のあごに指を当てて、くい、と持ち上げる。つかさは顔を近付けて、私の目を覗《のぞ》き込む。

「ちょっと……何？」

「目を見て、ユキの気持ちを確かめてる」

髪《かみ》が頬《ほお》に触《ふ》れ、吐息《といき》の熱を感じる程《ほど》の近さでつかさは言った。たぶん、ホントのことなのだろう。わかっているのに、別のことを連想してしまう距離《きょり》だった。

あらためて、つかさは距離《きょり》感がバグっているんだってことをわからされる。

私自身、嫌《いや》という言葉が適切でないと思うなら、使うべきではないと思っていた。私の感じた怖《こわ》さのようなものを、つかさに理解してもらうことはできない気がするし。

「わかった。嫌《いや》じゃない。そこは認める。けど！」

私はあごに触《ふ》れているつかさの手を下ろしてから、体を引いて言う。

「とにかく、私だけじゃなくてつかさも狭山《さやま》さんに伝えていた通り、浮気《うわき》とかそういうのじゃない。絶対ない。それでいいね？」

そう、最低限必要な確認《かくにん》をあらためてすることで終わらせようとした。

弓莉《ゆみり》から指摘《してき》されたことを思い出すけれど、これでつかさにも狭山《さやま》さんにもしっかり自分の考えを伝えることができた。

私たちはあくまで友達ですらない——お互《たが》いのメリットで交差しただけの関係なんだ。

「うん。そうだね」

つかさは短い言葉で答えた。

「あ、ちょっと三分過ぎてる！　ラーメン伸《の》びたら大変だ！」

「ふたつ同時に作るからじゃない？」

「…………いーの！」

私はふたつのカップ麺《めん》のフタを外しながらそう言った。

言いたいことを言うことができて、少しだけすっきりした。一方で、つかさが喫茶店《きつさてん》で抱《いだ》いていた感情という理解不能なものが増えたもやもやもあった。

私はカレー味とチキン醬油《しょうゆ》味、決して混ざり合わないふたつのカップ麺《めん》を交互《こうご》に頰張《ほおば》るのだった。

4　むすんでひらいて

狭山《さやま》さんと喫茶店《きっさてん》で話してから、あるいは詰問《きつもん》されてから、二週間が経過した。

あの日ほど緊張感《きんちょうかん》のあることはなかったけれど、学校の帰り道に駅を越《こ》えてから手を繋《つな》いできたり、外でご飯を食べる時にあーんをしてきたりした。あと、事故だけどつかさがお風呂《ふろ》に突撃《とつげき》してきたことも一回あった。

不意を突《つ》かれるとまだまだ慣れないけれど、ちょっとずついなせるようにはなってきたと思う。

「……おはよ」

私の隣《となり》から、つかさが目覚めた声がした。

「おはよ」

ベッドとソファで別々に寝《ね》たのは一回だけで、気づけば同じベッドで寝《ね》るのが習慣化してしまっていた。

起きた時に顔が目の前にあるのは、まだまだ慣れなかった。

つかさの顔を見てから体をすすす、と少し離《はな》していた。

一方で、勉強はきちんとはかどっていた。平日の放課後は最低でも一日に二時間、つかさと一緒《いっしょ》に勉強していた。高校受験前に比べれば短いかもしれないけれど、あるのとないのとでは大違《おおちが》いの時間だと思うし、つかさとの勉強はひとりでするよりもずっと濃《こ》かった。

難点と言えば、料理を含《ふく》めた家事のほとんどを私がやっているということだけど、それは先週の早い段階で諦《あきら》めた。

今日も今日とてお弁当を作って、学校へ行く。

「あ、拝島《はいじま》。おはよ」

「おはよー弓莉《ゆみり》」

弓莉《ゆみり》には、狭山《さやま》さんから呼び出しを受けたことを話していなかった。

プライベートなことだからっていうのは今更《いまさら》で、なんとなく、話し辛《づら》かった。

弓莉《ゆみり》は狭山《さやま》さんの立場になったら嫌《いや》だって先々週言っていたけれど、狭山《さやま》さんはどう思っただろうか。

私は私の立場で話して、間違《まちが》ったことは言っていないと思う。

けれども時間が経過したことで、狭山《さやま》さんの気持ちも少し想像してしまった。私からはともかく――つかさからああいう風に言われたら、どう思うか。どんな表情だったか。

だって狭山《さやま》さんの方から距離《きょり》を置く提案をしたって言ってたけれど、狭山《さやま》さんは明らかに、まだつかさのことが好きだった。

弓莉《ゆみり》がそのことを聞いたら、もっと強い口調で苦言を呈《てい》されてしまいそうだ。

そういうのを抜《ぬ》きにして、私があんな風にはっきり答えたこと自体を知られるのも抵抗《ていこう》があった。

「そういえば、碧海《あおみ》さんとの勉強は順調なの？」

弓莉《ゆみり》は心なしか「勉強」のところのアクセントを強くして訊《たず》ねてきた。

「つかさの教え方ってうまくて、いい感じに勉強できてると思う。何より、ちゃんと毎日勉強してて偉《えら》い」

「自分で言うなしぃ……生活の方は？」

「うん、ちょっと慣れてきた。つかさって勉強の時はちゃんとしてるけど、生活能力みたいなのは終わってて、いきなり家事がふたり分になっちゃったけど、なんとか……」

「ふーん」

弓莉《ゆみり》は目を細めながら相槌《あいづち》を打つ。ちょっとの話しにくさを感じてから、私は続ける。

「その分、動画観《み》たりする時間減って、わかる話題減ってるかも……つかさも暇《ひま》な時は本読んでることが多いから、趣味《しゅみ》の話ってあんまりしないし」

「ふーんふーん」

弓莉《ゆみり》の反応は、興味があるのかないのかよくわからない反応だった。

「最近、碧海《あおみ》さんの話題多いねぇ」

「そうかな？　でも今のは弓莉《ゆみり》から聞かれた気がするけど」

「さあ、忘れたぁ。でも順調なんだったらさ、校内模試もいい順位取れそうだねぇ」

「はふぇ？」

「なにその声。もしかして忘れてた？」

弓莉《ゆみり》に聞かれて、私は思いきり五回頷《うなず》いた。

「ほら、来週末。期末の一週間前っていう最悪な時期にやる、順位が張り出されるらしいヤツ。定期試験より大分難易度が高いらしーしぃ」

弓莉《ゆみり》の説明を聞いて、ぼんやりと先生の話を思い出した。来週末ということは、今日から十日間はある。

「高二以上が定期試験とか模試とか被《かぶ》らないようにした結果、高一だけはこの時期になったんだってぇ」

「じゃあやらなくてもいいじゃん……」

「うちに言われたって、うちだって拝島《はいじま》に同感だしぃ。まーでもある意味、進学校らしいって感じなんじゃない？」

「まあ、そうだよね」

自分が何のために櫻桐《おうとう》に入学したかを考えれば、勉強することに対して文句を言うのは変なのだけど。それは弓莉《ゆみり》もわかっているはずだけど、まあ、人間は矛盾《むじゅん》するものなのだ。

「また忙《いそが》しくなっちゃうなー。高校入ってから、拝島《はいじま》、あんまり構ってくれないし」

「それは、ひとり暮らし始めたりしたから」

「わかってる。で、碧海《あおみ》さんとの勉強も始まっちゃったもんね」

「うん。っていうか、弓莉《ゆみり》だってバスケ部忙《いそが》しいから、声かけるの遠慮《えんりょ》してたんだよ？」

「えっ――拝島《はいじま》、うちのこと誘《さそ》おうとしてくれたこと、あったの？」

軽く流すような会話になると思ったけれど、弓莉《ゆみり》は予想外に食いついてきた。

「喫茶店《きっさてん》とかファミレスとか、あと映画とかゲーセンとか」

「マジかぁ……」

「でもバスケ部ってほぼ毎日練習あるし、日曜日も試合とかある時多いみたいだし、部活の友達との時間もあるだろうし……」

「いい、いい！　全然いいから！　時間なんていくらでも作れるから！」

弓莉《ゆみり》は身を乗り出しながら、強い口調でそう言った。そうは言っても部活で忙《いそが》しそうなところを目の前で見ているわけで、実際どうなんだろうなぁと思っていた。

「え、ええ……」

圧に押された私に、弓莉《ゆみり》はそのままの語調で「じゃあさ！」と切り出す。

「今週、映画観《み》に行かない？　たまたま部活休みで、観《み》たかったヤツ公開するんだぁ」

弓莉《ゆみり》はそう言って、スマホの画面を見せてきた。私も名前を知っている映画で、話題になった小説が原作だったはずだ。映画も小説もあまり詳《くわ》しくない私だけど、名前を知っているのには理由があった。

「あ、これつかさが本で読んでた作品だ。映画どんなだろって言ってたな」

弓莉《ゆみり》は何か言いたげだったけれど何も言わなかったので、私は思ったことを口にする。

「っていうか、日曜日もつかさと勉強しないと……校内模試あるなら、なおさら……」

「ならさ！」

弓莉《ゆみり》がいきなり大きな声を出したので、私はちょっとビクッとした。言葉を続けるのかと思ったけれど、

「くっ……うぅ……ぬぬぬ………」

と何かを堪《こら》えるような静かな唸《うな》り声を出していた。そしてそのまま仕切り直した。

「ならさ、碧海《あおみ》さんも誘《さそ》うのはどう？　映画観《み》たら、みんなで勉強しよーよぉ……拝島《はいじま》の家で」

「なるほど。つかさ次第《しだい》だけど、それなら……って、うちで勉強？」

「拝島《はいじま》の家に行ってみたいって、うち前から言ってたじゃん？」

「そうだけど……まあ、うん、別にダメな理由もないか。じゃあつかさに聞いたら、連絡《れんらく》するね」

「よろしく！　あ……もし碧海《あおみ》さんが行かないってなっても、拝島《はいじま》だけ来られるんだったらそれでも全然、いいからね」

「うん、確かにそうだね」

話がまとまったところで、チャイムが鳴った。チャイムとほとんど同時に瀬尾《せお》先生が教室に入ってきて、ホームルームが始まった。


放課後、いつものように弓莉《ゆみり》は部活に行った。

私の思った通り、やっぱり弓莉《ゆみり》は忙《いそが》しい。たぶん弓莉《ゆみり》は気づいていないんだけど、部活の友達と話してるところをよく見かけるし。

私も荷物をまとめて下駄《げた》箱へ向かった。

「お待たせ」

いつの間にか、つかさと一緒《いっしょ》に帰るのが日常になっている。

ふたりとも部活をやっていないし塾《じゅく》にも行っていないし——いいのか悪いのかわからないけど友達も少ないし恋人《こいびと》は……つかさにはいるけど距離《きょり》を置いている関係だし、時間は合わせやすい。

「待ってないよ。本、読んでたし」

「ってことは、待ってる内に入るのでは……あ」

つかさから本のことを聞いて、弓莉《ゆみり》と話したことを思い出した。

私は家に向かって歩きながら、映画とその後の勉強会に誘《さそ》われたことをつかさに伝えた。

「いいよ」

つかさはあっさりと返事をした。

弓莉《ゆみり》とは話したことがないようだけれど、一緒《いっしょ》に行くことも何も問題はないようだった。

「この映画って、つかさが観《み》たいって言ってたヤツだっけ？」

「観《み》たいとは言ってないけど、本読んだから、気にはなってる」

「どんなお話なの？」

私が訊《き》くと、つかさは口元を隠《かく》しながら答える。

「えっと……言っていいの？」

「確かに。訊《き》かないでおこうかな。知らない方が楽しめるよね、たぶん」

ネタバレは気にしないというか、色んな作品のネタバレがネットにたくさん出回っているから気にしても仕方が無いと思っている。けれども今回は珍《めずら》しく公開直後に観《み》に行くわけで、新《しん》鮮《せん》な気持ちで楽しめるなら、それに越《こ》したことはないだろう。

「でも、覚えててくれたんだね」

「ん……あ、本のこと？」

つかさが「うん」と頷《うなず》いたのを受けて、私は続ける。

「つかさってよく本読んでるし、気になってたんだよね。本、好き？」

「そうだね。わたしは物語が好き……物語の世界に入りこむのが好き」

つかさから、何かを好きだって聞くのは新鮮《しんせん》だった。狭山《さやま》さんに対してのことを除けば、だけど。

ご飯にしても服にしても、物に対してはあまり執着《しゅうちゃく》がないように感じていた。だから今みたいにはっきり好きなものが聞けたのは、少し嬉《うれ》しくもあった。

「やっぱり！　私、本はあんまり読まないけど嫌《きら》いってわけじゃ全然ないし、子供の頃《ころ》は結構読んでたし、どんなのが面白《おもしろ》いかとか、訊《き》いてみたかったんだよね」

「そうなんだ……言ってくれればいいのに」

「だって、ひとりの時間を邪魔《じゃま》しちゃ悪いかなって……集中してるっぽいし」

「それくらい、別にいい」

つかさは唇《くちびる》を尖《とが》らせながらそう答えた。

なんかつかさが言っているのに近いことを、弓莉《ゆみり》から言われたような気もする。

「じゃ、弓莉《ゆみり》に返事しちゃうね」

私は連絡《れんらく》を忘れないうちにしようと思い、スマホを取り出してささっとつかさもOKだということを伝えた。弓莉《ゆみり》はまだ部活中だろうから返事が来るのは夕方になると思うけど。

その後は本の話や、学校の話をした。

買い物をして家に帰ると大体十六時くらいで、夕飯の準備を始める十八時くらいまでは時間が取れる。家事があったり動画やマンガやゲームの誘惑《ゆうわく》があったりする中でも、この時間は毎日勉強に使うことができていた。

家に帰って手洗いをしてうがいをして、着替《きが》えたら、勉強をするためにリビングのテーブルに座る。

私はお茶とちょっとしたお菓子《かし》も用意する。この流れもすっかり定番になっていた。

「あ、そういえば校内模試があるの、知ってた？」

「うん」

つかさの即答《そくとう》を聞いて、私は忘れていたのは自分だけかとショックを受けながらぼそぼそと言葉をこぼした。

「あ、はい……全然話題に出なかったから、つかさも忘れてたのかと……」

「ユキ、忘れてたの？」

「……うん。油断してました」

私は肩《かた》を落として言ってから、「まあ」と胸を張った。

「でも、ひとり暮らしの条件はあくまで定期試験だから。期末試験で結果を出せば良し。校内模試もまあ、頑張《がんば》るけど……」

私がそうお茶を濁《にご》そうとしたところで、スマホに通知がきた。メッセージアプリの通知だ。

弓莉《ゆみり》からの返事かと思ったけれど、そうではなかった。

「あ……香織《かおり》……さん……」

連絡《れんらく》は、とても弓莉《ゆみり》からではあり得ない長文のメッセージひとつで来ていた。

内容はまさにいま話していたこと、校内模試に関するものだった。

「……香織《かおり》さんって、ユキの家の人だよね。どうしたの？」

つかさの声音《こわね》で、私を心配してくれているのがわかった。だからと言って明るい声を出すこともできなかったので、私はそのままのトーンで答える。

「そう。親代わりの。話してたっけ、香織《かおり》さんのこと」

「一回、名前出してた。詳《くわ》しいことはわからないけど、保護者ってことは察してる」

「そっか……うん、そうだよね」

私は喋《しゃべ》りながら、自然と顔が引きつっていくのを感じていた。表情を取《と》り繕《つくろ》うこともせず、つかさにメッセージの内容を話す。

「校内模試でも赤点取ったらひとり暮らし終了《しゅうりょう》……香織《かおり》さんから、そういう連絡《れんらく》がきた。あと、黙《だま》ってたことに対するお叱《しか》り」

「どうして、校内模試のことを知ったの？」

「予定表を見直したら、書いてあったんだって」

私は自分の声がかすれている自覚があったから、お茶を口に含《ふく》んだ。

喉《のど》が潤《うるお》ってすぐに、また渇《かわ》く。

素直《すなお》に忘れたと言えば、そんな大事なことを忘れていたことを指摘《してき》されるだろう。かと言ってそれを伝えなければ、黙《だま》っていたことが真実になる。

どっちにしても、香織《かおり》さんに怒《おこ》られるのは避《さ》けられないだろう。けれども怒《おこ》られるだけなら、それでいい。

赤点を取ったらひとり暮らしをやめなくてはいけないという方が、私にとってはよっぽど大きなことだ。

「どうしよ……校内模試って、中間より難易度高いんだよね……？」

「玲羅《れいら》が言ってるの、聞いたことある。受験を意識してるから難しいって、先輩《せんぱい》が言ってたって」

なら弓莉《ゆみり》も、同じようにバスケ部の先輩《せんぱい》から聞いたのかもしれない。もっとも今大事なのは、校内模試が難しいのは単なる噂《うわさ》じゃないって事実だ。

「弓莉《ゆみり》と約束したけど、謝ってなしにしてもらわないと……」

「ううん、全部やろう」

つかさはスマホを持つ私の手を上から握《にぎ》って、そう言った。

「でも、勉強時間が……」

「人間なんだから、二十四時間勉強し続けられるわけじゃない。ユキの思っている通りリスクかもしれないけど、日曜日は映画を観《み》に行くって決めて、その前提でどう勉強するかって考えるのが大事だと思う」

「中間でも赤点取ったのに、私……」

「自己認識《にんしき》の話、したよね？」

「……うん」

「ずっと勉強し続けることができれば、赤点取ることはそうそうないと思う。でも、その生活を三年間続けられる？」

「私にはたぶん……できない」

つかさは私の手を握《にぎ》る力を強くした。喫茶店《きっさてん》で私の手を握《にぎ》った時に比べて、どこか優《やさ》しい力強さを感じた。

「それに、もうひとつ。校内模試は国語・英語・数学の三科目。ユキはどの科目も、ちゃんと実力を発揮できれば今の時点でも赤点を取らない。わたしはそう思う」

「そう……かな……？」

「潰《つぶ》れたら意味がない。だって——……」

つかさは手を握《にぎ》ったまま、芯《しん》のある声で何かを言いかけて、止めた。その意味が気になったけれど、私は黙《だま》ってつかさの言葉の続きを待つ。

つかさは「うん」と仕切り直して口を開いた。

「ユキなら大丈夫《だいじょうぶ》。一緒《いっしょ》に勉強してるわたしが保証する。ちょっとスマホ貸して」

私はつかさの言葉の勢いに流されて、スマホを渡《わた》す。

「あ、ちょ、何やって——」

つかさはスマホで何やらかたかたと文字を打ってから、私に返す。

メッセージアプリの下書きには『赤点を取らないのは当たり前です。余裕《よゆう》です。だから連絡《れんらく》もしませんでした。大船に乗ったつもりで待っていてください』と書かれていた。

「……ふふっ」

私は下書きの文章を読んで、思わず噴《ふ》き出《だ》してしまった。

「なんで笑うの？」

「つかさが書いたって思うと、面白《おもしろ》くて。普段《ふだん》、こういう喋《しゃべ》り方しないじゃん？」

「……む」

頬《ほお》を膨《ふく》らませたつかさを微笑《ほほえ》ましく思いながら、私は続ける。

「それに、私だって普段《ふだん》、香織《かおり》さんとこんな風にやり取りしないし」

「ユキがどう答えればいいか困ってるように見えたから、書いた」

「わかってる……えいっ！」

私はつかさの書いた文面のまま、送信ボタンを押した。

香織《かおり》さんがどんな反応をするかちょっと怖《こわ》いけれど、つかさがいるなら大丈夫《だいじょうぶ》な気がした。

根拠《こんきょ》なんて、全くないことだけど。

「ははー、送っちゃった」

私は返信を見るのが怖《こわ》いので、一度スマホを閉じた。

つかさに向き直ると、穏《おだ》やかな微笑《ほほえ》みを浮《う》かべていた。

「はい、これで決まり。よーし、勉強頑張《がんば》るぞ！」

「うん。ご褒美《ほうび》があるってことで、一層詰《つ》め込んでいこう」

つかさはそう言って、問題集の山をテーブルの上に置いた。

なんだかこれまでに比べて迫力《はくりょく》を感じるけれど、頑張《がんば》ろうって気がしていた。

校内模試までの約十日間は、対象の国語・英語・数学を重点的に頑張《がんば》ることにした。国語と英語はまだしも数学が結構やばいので、特に数学を重点的に進めることにした。

それでも、これまでのような苦手意識は減っていた。一番変わったのは、問題文を理解する努力をするようになったことだと思う。

これまで苦手な問題は、考えることすら諦《あきら》めていたけれど、つかさに教えてもらうようになってからは、もう少し粘《ねば》るというか、何を聞かれているから何を答えればいいのか、を考えるようになった。

結果は――我ながらちょっとずつ出てきていると思う。

「――よし……って、あれ」

キリがいいところまで勉強をしていたら、すっかり夜になってしまっていた。

「ユキ、集中してたね……えらい」

口振《くちぶ》りからして、つかさは結構な時間が経過していることに気づいていたようだった。

そして、褒《ほ》められて予想外に嬉《うれ》しいと思っている自分がいた。つい口元がほころんでしまうのが恥《は》ずかしくって、私は「あのさ！」とごまかすように大きな声を出す。

「今からご飯作ると遅《おそ》くなっちゃうし、ちょっと疲《つか》れたね。今日、外でご飯食べよっか？」

「うん、そうしよう」

勉強道具をまとめてしまってから、部屋着で過ごしていた私たちは私服に着替《きが》えた。

時計をちらっと見ると、二十時過ぎだった。

つかさと神社で鉢合《はちあ》わせた日、私が家を出たのもこのくらいの時間だ。もっともあの日は勉強していたのではなく、ただひたすらだらだらと怠惰《たいだ》な時間を過ごしていた。成績が悪かったらひとり暮らしは解消という条件は同じなのに、悠長《ゆうちょう》だったと思う。

「まだつかさが来てから、二週間ちょっとしか経《た》ってないんだね」

「どうしたの？」

ぼそりと言った私の言葉をつかさは聞いていたらしい。私はつかさの問いかけに答えることにした。

「ううん、たまたま思っただけ。生活、ずいぶん変わったなーって。ま……つかさの比じゃないか、はは」

「うん。そういえば遅刻《ちこく》も欠席もしてない」

「いや、そういうことじゃなくて……ははは。まいっか、行こ」

狭山《さやま》さんの家から私の家で過ごすようになったということそれ自体がかなり大きな変化だと思うけれど、そのことを引き合いに出さなかったのが面白《おもしろ》かった。

つかさが着た服は、私が選んだ服だった。ミニのニットワンピで、つかさのスタイルの良さと美脚《びきゃく》が強調されている。

着ているところは今週の土曜日にも見たのだけれど、やっぱり似合っていると思う。

狭山《さやま》さんにはあまり褒《ほ》められなかった、とつかさは言っていた。だからってわけじゃないけど、つかさは正直に褒《ほ》めてくれるし、私も——。

「やっぱ似合ってるね。可愛《かわい》い」

「…………………うん…………ありがと」

つかさは私から視線を外しながら、ぼそぼそとした声で言った。

「何、その感じ。前みたいに満更《まんざら》でもなさそうな返事がくると思った」

「……別に、嬉《うれ》しいよ」

「ならまあ、いいけど。ちょっと空振《からぶ》りした感じ」

それでも思ったことを口にしたので、良しとする。

「夜に出るのって、ちょっとわくわくするね」

「そうかな？　わたし、外でご飯食べることも多かったから」

「狭山《さやま》さんと？」

　自分のした質問の意図がよくわからなかった。

「それもあるけど、ひとりの時も多かったよ」

　なんでこんなこと聞いてるんだろう……私はそう思ったけれど、つかさは特に気にしていないようで、普通《ふつう》に答えてくれた。

「で、何食べよっか？」

　うちの最寄《もよ》り駅《えき》、つまり学校の最寄《もよ》り駅《えき》でもあるのだけど、駅前にはそこそこ飲食店がある。チェーン店もあれば、個人経営のお店も。私は行かないけれど、路地に入れば居酒屋さんも散見する。

「どんなお店があるの？」

　そういえば、夜につかさと外食するのはこれが初めてだった。

「ファミレスとかパスタとかカレーとか牛丼《ぎゅうどん》とか……割と何でもあるよ。あんまり行ったことないけど」

「なんでもいいよ」

　つかさの言葉を聞いて、私は自分の頭の上に手を置く。

「それが一番困るんだよなぁ……あと久々にラーメンもいいかも」

「ラーメン……玲羅《れいら》と食べたことないかも」

「そうなの？」

狭山《さやま》さんのイメージ通りと言えばそうかもしれない。カフェとかイタリアンレストランとか、ちょっとお洒落《しゃれ》なのが似合いそうだ。連れて行かれた喫茶店《きっさてん》も、お洒落《しゃれ》で高級だったし。

「じゃあ、ラーメン食べよっか！」

「なんで嬉《うれ》しそうなの？」

「お店で食べるラーメンって全然違《ちが》うからさー。あと……」

私は言いかけて、言葉を止めた。

つかさは私の言葉の続きを待っているようだけれど、私は「いや、なんでもない」と濁《にご》した。さっきと同じ。自分でも感情がわからないのに自然と出てこようとした言葉に戸惑《とまど》ってしまったのだ。

——つかさが狭山《さやま》さんとしてないことをするのが、ちょっと嬉《うれ》しい。

そんな風に思うの、意味わかんないし。

「あ、じゃあここにしよ！」

「え、うん」

私が半ば強引《ごういん》に話を進めたからか、つかさは少し戸惑《とまど》った様子だった。

私が選んだのは、博多《はかた》系の豚骨《とんこつ》ラーメンだった。一度だけ来たことがあるお店で、豚骨《とんこつ》なんだけど臭《くさ》みがなくて、濁《にご》ったスープなのに味に透明感《とうめい》がある。

「豚骨《とんこつ》ラーメンなんだ、初めて食べる」

「ホントぉ！」

やっぱり何故《なぜ》か、嬉《うれ》しいと思ってしまう。

私はその気持ちをごまかすために、メニューの説明をした。早口で喋《しゃべ》ったがゆえに困らせてしまったのか、

「あ、じゃあユキが決めて」

……ということになった。

小食のつかさは基本の醤油《しょうゆ》豚骨《とんこつ》ラーメンをあぶら少なめで注文。私は黒マー油入り醤油《しょうゆ》豚《とん》骨《こつ》ラーメンに味玉とチャーシューのトッピング。麺《めん》はふたりともバリカタにした。

カウンターに並んで座り、つかさは小さくため息をつく。

「なんか、難しいね」

「うーん、でも世の中には呪文《じゅもん》みたいなのを言うラーメン屋さんもあるらしいよ」

私もネットでしか見たことがないけれど、爆盛《ばくも》り系のラーメンでそういうところがあるらしい。それに比べれば券売機で選ぶだけだし、ちょっと雰囲気《ふんいき》も落ち着いているので、ここは行きやすいお店だった。

待っている間に、つかさは髪《かみ》をまとめていた。髪《かみ》をあげた時に見えるうなじが、すごくキレイだ。五分くらいして、ラーメンが到着《とうちゃく》。私はお腹《なか》が空いていたけれど、つかさが一口目を食

べるのを待っていた。

「……美味《おい》しい」

心なしか目をキラキラさせていた。私が紹介《しょうかい》した初めてのことで喜んでもらえて、嬉《うれ》しかった。

つかさの好みに合うかちょっと心配だったけれど、これで私も安心してラーメンを食べることができる。

食べている途中《とちゅう》
「ねぇ、ユキ」

「替《か》え玉《だま》って何？」

「えっと、見てて」

私は店員さんに、替《か》え玉《だま》をバリカタで注文する。三十秒くらいで麺《めん》の入ったお皿が届く。

「こうやって、麺《めん》だけ注文するの。つかさも頼《たの》む？」

「ううん、わたしは満足。お腹《なか》いっぱい」

つかさは私の方をじーっと見ていた。私が視線に気づくと、微笑《ほほえ》みを浮《う》かべる。

「急がなくていいよ。ふふ、たくさん食べるユキを見てる」

私は何故《なぜ》か一瞬《いっしゅん》言葉を失ってから、時間差で頭に浮《う》かんだ言葉を返した。

「お、落ち着かないよぉ」

その後、私はもう二回替《か》え玉《だま》をしてから、お店を出た。

夕飯のピークは過ぎているにもかかわらず、私たちがお店を出る頃《ころ》には満席になっていた。

「ユキ……本当にたくさん食べたね」

「お腹《なか》空いてたからねー。どうだった？」

「ん？　言った通りだよ。美味《おい》しかった。でも濃《こ》いから、わたしはたまに行くのがいいな」

「まー確かに……あ」

「どうしたの？」

私はご飯を食べている間に、スマホのメッセージアプリの通知が二件きていることに気がついた。

一件は弓莉《ゆみり》で、日曜日に出かけることをつかさもオッケーしたということに対する返事。

もう一件は、香織《かおり》さんだった。

私の舐《な》めた対応に対する返事で、たった一言『わかりました』とだけ返ってきた。

「もしかして……さっきのメッセージ、怒《おこ》られた？」

「ううん、逆。いや逆……でもないけど、そんな感じ……あれ」

おかしい、と思った。

視界がもやもやする。目の奥が熱くてまぶたが重く感じる。

思わずまばたきをすると、一粒《つぶ》の雫《しずく》がこぼれた。そうなると、自分が泣いていることをもう否定できなくなってしまう。

「あっ……ごめん……なんかわかんないけど、怒《おこ》られなかったって思ったら、涙《なみだ》が……」

「移動しよ」

つかさは私と手を繋《つな》いで、引っ張った。

あたたかい手のひらだった。


私たちは、駅と家の間にある公園へ移動していた。

それは、つかさと狭山《さやま》さんがキスをしているところを私が目撃《もくげき》した公園だった。六月も半ばではあるけれど過ごしやすい気温で蒸《む》し暑《あつ》くもないし、程《ほど》よく風が吹《ふ》いている。

公園に着く頃《ころ》には、涙《なみだ》はすっかり収まっていた。

私たちはベンチに座って、自販機《じはんき》で買った飲み物を飲んでいた。つかさは缶《かん》コーヒーで、私はペットボトルの緑茶だった。

「ごめんね。もう、落ち着いた。なんか緊張《きんちょう》が解けちゃって」

「ねえ、ユキ」

私の言葉に応えず、つかさは真剣《しんけん》な表情をして呼びかけてきた。私は静かに頷《うなず》いた。

「ユキがひとり暮らしをしたい理由、教えて」

「家にいても落ち着かないのと、遠いから。勉強に集中するため……だよ」

「違《ちが》う。それは建前だって、わたしでもわかる」

「……うん。どうして？」

「家の人……香織《かおり》さんのことを話す時のユキ、ちょっと変。ひとりで抱《かか》えてるって感じがする」

「でも……」

「一緒《いっしょ》に勉強するためって理由でいい。ユキのことをたくさん知ってた方が、教えやすい――こういう理由ならどう？」

つかさがわざわざ回りくどい言い方をしてくれた意味を、私は理解していた。

「勉強を教えてもらうためなら……仕方ないよね、うん」

だからつかさが理由――言い訳を用意してくれるのは、ありがたかった。我ながら面倒《めんどう》な性格をしていると思う。

私は一口しか飲んでいなかったお茶を半分くらいまで飲んで、話すことに決めた。

「私の両親、私が三歳の頃《ころ》に事故で死んじゃった。まだ小さかったから両親のことはぼんやりとしか覚えてないんだけど、そういうことなんだ」

私はもはや情報でしかそのことを理解していない。仕事で移動していた最中に、不運な事故に巻き込まれたという情報だ。

「お父さんの妹が、香織《かおり》さん。両親が仕事でいない時によく香織《かおり》さんの家に預けられてたみたいで、私も香織《かおり》さんに懐《なつ》いてたみたい。それで、引き取ってもらうことになった」

「…………うん」

「だから香織《かおり》さんは育ての親。だけど私は小さい頃《ころ》からなんとなく状況《じようきよう》を理解してて、香織《かおり》さんのことをお母さんとは呼べなかった。だからずっと、香織《かおり》さんって呼んでる。そのことについて香織《かおり》さんがどう思っているかはわからない。わからないけど、ずっと育ててくれてる。お金も出してくれてる。心配してくれてる。これは間違《まちが》いない。でもね……」

自分の唇《くちびる》が震《ふる》えているのがわかる。風が吹《ふ》いて、木々の葉が擦《こす》れる音がする。つかさが私の手を握《にぎ》る。夕方、香織《かおり》さんから連絡《れんらく》が来た時と同じように、つかさに手を握《にぎ》られるとこの先を話して大丈夫《だいじようぶ》だって気になれた。

「香織《かおり》さん、好きな男の人ができたんだって」

言った後、私はしばらく黙《だま》ってしまった。続けるべき言葉はわかっているのに、うまく紡《つむ》ぐことができなかった。

つかさは体感で五分くらい、何も言わずに飲み物も口にせず、ただ私の言葉の続きを待っていた。

「香織《かおり》さんが自分の家族と話してる電話を聞いちゃった。もちろんさ、そんな言い方はしてないけど……私がいるから不自由なことも多いって、そういうことを話してた」

「……うん」

「私、邪魔《じゃま》になってるって思った。香織《かおり》さんの人生の邪魔《じゃま》になってる。香織《かおり》さんだって結婚《けっこん》したいし、子供がほしい。そういう人生設計をしたいんだと思う。こんなこと言うのも変だけど、お金の問題じゃないってわかってた」

言葉を選ぼうと考えたけれど、できなかった。だから私は思っていたことを、そのまま言うことにした。

「私にお金を使うからとかじゃなくって、私の存在が気を遣《つか》わせてる——香織《かおり》さんの人生を奪《うば》ってるんだって」

言ってしまった、と思った。

わかってる、わかってる。

香織《かおり》さんはそんなこと思ってない。そんな嫌《いや》な人じゃないよ。

でも、でも私は思ってしまったんだ。

そういう感情が自分の中に生まれてきてしまったんだ。

そうなったらもう、自分の家にはいられない。

——そういう場所が自分の家なのか、わからない。

「香織《かおり》さんには、何も言えてない。私は、学校が遠いとか家だと集中できないだとか、ひとり暮らしをしたい理由にはそういうワガママしか言ってないから」

きっと香織《かおり》さんは、私の本心をわかっていると思う。

その上で、今の条件をつきつけてきたんだと思う。

「香織《かおり》さんはいい人だよ。間違《まち》いない。嫌《いや》なことを思うのは私。でもね、私がいなくなってていいことだってきっとあるはず。香織《かおり》さんも、そう思っちゃう自分は嫌《いや》だと思ってるはず……なんとなく」

香織《かおり》さんは育ての親。正直、親と何が違《ちが》うのかはわからない。わからないけど、決定的に違《ちが》う何かを感じる瞬間《しゅんかん》はあって――でも、やっぱり親でもあるから、わかることもあって。

「だからひとり暮らしの条件は、香織《かおり》さんが自分を赦《ゆる》すためのもの」

つかさは言葉で相槌《あいづち》は打たず、頷《うなず》くだけだった。その態度が私にはすごくありがたかった。

「変だよね、変。ちゃんと向き合ってなくて、全部私が勝手に思い込んでることなんだ」

「ううん、変じゃない」

「えっ――」

瞬間《しゅんかん》、熱を感じた。次に、柔《やわ》らかさを感じた。その次に、力強さを感じた。

つかさは私の背中に腕《うで》を回し、体を引き寄せていた。そのままぎゅっと、強く抱《だ》き締《し》めた。

体格差があるのと体が斜《なな》めになっているから、私の頭はちょうどつかさの胸のあたりに収まっていた。

「もっ！」

私はつかさの胸に感じる弾力《だんりょく》と柔《やわ》らかさに、変な声が出てしまった。

「ふふ、なにそれ」

つかさは微笑《ほほえ》んで、いたずらっぽく呆《あき》れた声を出す。その声を聞いて、私の心はすっと落ち着いた。

「ちょ、こんな公園じゃ……見られちゃう……」

「ふふ、見られないよ」

「いや、私が証明してるんだけど……まぁ、いっか。あったかいし」

つかさに体を預けると、全身を包み込まれるような感じがして、穏《おだ》やかな気持ちになる。

「ユキの思いこみでも、いいと思う。それは間違《まち》いなく、ユキが感じた……ユキの心でしょ」

「つかさ……」

いつものぼーっとしたつかさとは違《ちが》う、包容力みたいなものを感じていた。その戸惑《とまど》い以上に、安心感があって、私は名前を呼ぶことしかできなかった。

そうすると、つかさはまた私のことをぎゅっと引き寄せた。

私の顔はつかさの胸に埋《う》まって、私はその温かさに心地良《ここちよ》さすら感じていた。

「ユキの心だから、大事にしていいと思う」

「……そうなの、かな。だって私の……子供みたいな独りよがりな悩《なや》みなんだよ？」

「うん、そうかも。でも、それでいいんだよ」

「……………うん」

「話してくれて、ありがとう。わたしもユキの感じたその想《おも》いを、大事にしたい」

「えっ……」

つかさの言葉に、胸がトクンと鳴るのを感じた。触《ふ》れ合《あ》った肌《はだ》の奥から、つかさの心臓の音も聞こえてくる。熱と共に、私の鼓膜《こまく》を刺激《しげき》する。

「わたしにはユキと香織《かおり》さんって人の関係は聞いている以上にはわからない。でも、何かを貫《つらぬ》いてみないとわからないこともあると思う」

「……意外。つかさがそういう風に言うなんて」

「そうかな……そうかも。でも、ホントに思ってることだよ」

「うん。ありがと」

「何かをしたいって思えることはすごく、いいことだと思う。前向きなことだと思う。だからひとり暮らしをすること、そのために勉強を頑張《がんば》るって約束は、守ろう」

つかさは一息ついてから、続ける。

「ユキの家はわたしにとっても居心地《いごこち》がいい。だから、いられなくなっちゃうのは嫌《いや》だな」

ぼそっと独り言のように言った一言が、いつものつかさに比べてちょっと子供っぽくて、可《か》愛《わい》かった。可愛《かわい》いと思った数秒後に、自分の心臓の音がいっそう大きくなるのを感じる。

つかさは私をぎゅっと強く抱《だ》き締《し》めてから、ゆっくりと手を離《はな》した。体が離《はな》れてからも、胸に触《ふ》れ続けていた頰《ほお》はぽわぽわと温かみを帯びたままだった。

「頑張《がんば》ろうね」

私はつかさの言葉に、強く頷《うなず》いた。なんだか気が抜《ぬ》けて——ほっとして、大丈夫《だいじょうぶ》だって思えたらまた涙《なみだ》が出てしまいそうになった。

また泣いちゃうのも恥《は》ずかしいから、堪《こら》えてたら、うまく声が出せなかったのだ。

そんな私のことを察して、つかさはまた私のことをぎゅっと抱《だ》き寄せた。

「ユキはちっちゃいね……ふふ」

「……もう、なにそれ！」

つかさの柔《やわ》らかい胸元《むなもと》にうずまっているから、顔を見ないでいいから、いつもみたいに言うことができた。

なんだかつかさの顔を見るのが恥《は》ずかしい。

自分のことを話した直後だからだろうか。弱いところを見せてしまった直後だからだろうか。

「じゃあ、行こっ。ありがとね！」

私はそう言って、ベンチから立ち上がる。ペットボトルのお茶を一気に飲み干しても、さっき感じた熱は残り続けていた。

夜風を浴びながら手を繫《つな》いで、家への道を並んで歩く。

そして同時に、思う。

ああ、なんで――つかさは他人《ひと》のカノジョなんだろうって。


この後、私たちは家に帰って、寝《ね》る支度《したく》をして、すぐにベッドに入った。

隣《となり》につかさがいると公園で抱《だ》き締《し》められたことを思い出して、心がそわそわとしていた。

「はー……はー……」

つかさが眠《ねむ》りについた後、私はどうにか無理矢理に自分の気持ちを落ち着けてから、眠《ねむ》りに落ちていった。

5　不可逆なトラペジウム

私が公園でつかさに香織《かおり》さんとのことを打ち明けてから、およそ一週間が経過した。

自分が家にいると香織《かおり》さんの人生を奪《うば》い続ける——その思いは今も変わっていない。けれどつかさにそのことを話してからはちょっとだけ、ほんのちょっとだけ、気持ちが楽になった気がしていた。

「あ……おはよう……」

「……おはよ」

「あ、ほら……シャツの胸元《むなもと》、開いちゃってるよ」

「ん……別に気にしないよ」

私がパジャマのシャツのボタンを指摘《してき》しても、つかさは全く気に留めていない様子だった。

あの日以来、ずっとこういう感じだった。私が変につかさのことを意識してしまっていた。うちに泊《と》まるようになった最初の頃《ころ》に気にしなかったことも、目に入るようになってしまった。どういう心境の変化ゆえなのか、自分でもあまり考えたくはなかった。考えてしまった先に、何か答えが出るのが怖《こわ》いから。

「……なにそれ」

自分で自分の考えを否定する。

「どうしたの？」

「なんでもない……ほら、準備しよ。弓莉《ゆみり》、たぶん時間より早く来るから、待たせたら悪いし」

今日は弓莉《ゆみり》と私たちの三人で映画を観《み》に行く日だった。

今週はしっかり計画的に勉強して、映画を観《み》に行く時間を作ることができた。ひとり暮らしを継続《けいぞく》するために、校内模試で一定の成績を収めることを目標にやってきたけれど、今のペースなら十二分に達成できそうだ。

冷静に考えると、赤点を取らないという条件は決してハードルの高いものではない。その条件を設定したということは、香織《かおり》さんはやっぱり……。

「じゃ、朝ご飯食べて、準備しよ」

私は余計な思考を頭の奥に押し込んで、パンをトースターに入れた。

朝ご飯を食べ終えてから急いでメイクをしたのに、結局予定していたギリギリの時間に家を出ることになった。

最寄《もよ》り駅《えき》の近くに映画館はないので、私たちは電車で池袋《いけぶくろ》に向かっていた。前につかさと行った渋谷《しぶや》にも映画館はあるけれど、なんかいい感じのスクリーンで観《み》られるらしいと弓莉《ゆみり》が言っていた。

ふたりとも、ちょっとお洒落《しゃれ》をしてきていた。まあ、つかさはあまり意識していないみたいだったけど、私が選んだ服の中でも特にこだわった私のお気に入りのコーデだった。

私はちょっと背伸《せの》びをして肩《かた》出しのシャツとミニスカート、サンダルはこの夏に向けた新作。

つかさは引《ひ》き締《し》まったお腹《なか》がちらっと見える丈《たけ》のシャツと、ゆったりしたカジュアルなパンツに、高い身長をさらに強調する黒い厚底のサンダル。

並んで歩くと色々悲しくなるくらいに人間としてのスペックの差を感じるけど、もう慣れた。

池袋駅《いけぶくろえき》で電車を降りて待ち合わせ場所に着くと、予想通り弓莉《ゆみり》は先に到着《とうちゃく》していた。

「あ、弓莉《ゆみり》！　お待たせ！」

「こんにちは」

私は手を上げて、つかさはぺこっと会釈《えしゃく》をした。

「ユ……拝島《はいじま》！　碧海《あおみ》さん。全然待ってないよ。まだ待ち合わせの時間より早いしぃ」

弓莉《ゆみり》も弓莉《ゆみり》で、お洒落《しゃれ》してきてる感じがした。体のラインを活《い》かした柔《やわ》らかいニットに、ロング丈《たけ》のスカートで、清楚《せいそ》系って雰囲気《ふんいき》。

「拝島《はいじま》の服、すっごいいいね！　そういえば私服見るのって塾《じゅく》以来かも。あの時ってこっち系の服じゃなかったよね」

「あ、そうかも。私も弓莉《ゆみり》の私服見るの久《ひさ》し振《ぶ》り。似合ってるよ」

「えへへー、そうかなぁ？　うちって前からこんな感じな気がするけど、嬉《うれ》しいな」

弓莉《ゆみり》は頬《ほお》に手を当てながら、そう答えた。なんだか学校とちょっと雰囲気《ふんいき》が違《ちが》う気もするけど、お出かけだからテンション高いのかも。

「碧海《あおみ》さんは……なんか別格って感じ」

「……うん」

「あ、ごめんね、変な意味じゃなくって、背高くて顔小さくてスタイル良くて、ホント格好いいってかさ、いい意味なんだって！」

「なんで謝るの？」

　つかさは弓莉《ゆみり》に、私によく言っていたのと同じことを言っていた。

「なんでって……ほら、悪い意味だったら悪いなーって」

「…………？」

　つかさは弓莉《ゆみり》の言葉にあまりピンと来ていないようだった。私と散々したやり取りだと思うのだけれど、相手が異なるとリセットされるのだろうか。

「つかさ、リアクション薄《うす》いこと多いけど、怒《おこ》ってるとかじゃないから……慣れる慣れる」

「……む。なんでユキが言うの」

「弓莉《ゆみり》に気《き》を遣《つか》わせちゃ悪いでしょー」

　私の言葉に、弓莉《ゆみり》は目を細める。

「……なんかその、空気感」

「弓莉《ゆみり》、どうしたの？」

私の質問には「ううん、なんでもないってぇ」と短く答えて、弓莉《ゆみり》はつかさに水を向けた。

「碧海《あおみ》さん、今日の服、すっごい似合ってるね」

「……ユキが選んでくれた」

「え、そうなの？」

話題がつかさに移ったと思った瞬間《しゅんかん》、弓莉《ゆみり》の視線は私に戻《もど》ってくる。

「まあ……ね。お金気にしなくていいって言われたら、ちょっと楽しくなっちゃって。つかさほら、着《き》せ替《か》えのし甲斐《がい》あって……」

「…………」

「弓莉《ゆみり》？」

弓莉《ゆみり》は私の方を向いたまま、何も言わなかった。私が名前を呼ぶと「あ！」と一瞬《いっしゅん》目を大きくしてから続ける。

「ごめんごめん。拝島《はいじま》が選んだのってちょっと意外だなーと思って。碧海《あおみ》さん系の服選ぶの、うまいなって」

「いやまあ、つかさは何でも似合うから……」

「確かに……それはそうかも」

私たちが話しているのを、つかさは何を考えているのかわからない表情で眺《なが》めていた。

つかさと弓莉《ゆみり》はほとんど初対面に近いだろうし、まだぎこちない空気を感じていた。私は内心で、橋渡《はしわた》しになれるように頑張《がんば》らなきゃ、とそう思っていた。

「映画までまだちょっと時間あるよね。ゲーセンでも見よっか？」

私は柄《がら》にもなく、先導するようなことを言ってみた。

「うん」

「おっけぇ」

という気の抜《ぬ》けた返事を聞きながら、映画館から歩いて三分くらいのところにあるゲームセンターへ向かった。

ゲーセンについたら、とりあえず弓莉《ゆみり》の提案でプリクラを撮《と》っておいた。弓莉《ゆみり》は部活の関係でよく撮《と》るらしい。この中で唯一《ゆいいつ》のカノジョ持ちであるつかさはプリクラ自体経験がないらしかった。狭山《さやま》さんより先に撮《と》っちゃうのはちょっと悪い気もしたけれど、弓莉《ゆみり》と三人だしあまり気にすることもないかもな、と思っていた。

その後はクレーンゲームで遊んだ。以前つかさとの話題にも出た昔の子供向けアニメ、アニマルメイドダンサーズの景品があって驚《おどろ》いたけれど、結構昔のアニメのリバイバル的な景品は多いみたいだ。

私よりもアニマルメイドダンサーズへの熱量が圧倒的《あっとうてき》に高かった弓莉《ゆみり》は、積極的にマシーンに挑《いど》んでいた。

「アームゆる過ぎぃ……滑《すべ》り止《ど》めきつ過ぎぃ……」

と、それなりのお金を溶《と》かしていたのだけれど、最終的には——、

「ふふ、ペンギンゲット〜」

という感じで、キーチェーンのぬいぐるみをひとつ入手していて、満足そうだった。

「ホントはネコも欲《ほ》しかったんだけど……破産する、マジぃ……」

撤回《てっかい》。やっぱり不満そうだった。

「ネコって、あの主人公の……」

「声いじりしたら怒《おこ》るからね」

「え、あ、うん」

「だってあれが可愛《かわい》いんだしぃ〜」

「…………」

私たちの会話を、つかさは何とも言えない目で見ていた。

弓莉《ゆみり》が思ったよりアニマルメイドダンサーズの強火なファンだったことに驚《おどろ》いているのだろうか。私も驚《おどろ》いている。

せっかく来たのに見ているだけなのは退屈《たいくつ》だろうと思い、私はつかさに声をかけた。

「つかさは？　やらなくていいの？」

「うん、別に」

私が声をかけたのに合わせて、弓莉《ゆみり》は質問を投げかける。

「碧海《あおみ》さん、アニダン好きなの？　誰推《だれお》し？」

「いや、そういうのないけど」

ぶっきらぼうな答えに、一瞬《いっしゅん》だけ空気がピリッとしたのを感じた。

けれどもたぶんそれは私の考え過ぎで、弓莉《ゆみり》は「そっかぁ」と溶《と》けた声で答えていた。

「じゃああと一回だけ……やっぱネコ欲《ほ》しいしぃ……」

「ううん、ダメ。キリないよ」

「ううぅ……拝島《はいじま》が言うならぁ……」

情けない弓莉《ゆみり》の声を聞いてか、つかさは「ふふっ……」と微笑《ほほえ》んでいた。やっぱりさっき感じた張《は》り詰めた空気は杞憂《きゆう》ってことだろう。

つかさのお財布《さいふ》がアニマルメイドダンサーズであることは、黙《だま》っておくことにした。弓莉《ゆみり》が見たら深く突《つ》っ込んでいきそうだし、一方でつかさは触《ふ》れてほしくなさそうだったし。

ゲームセンターを離《はな》れて、映画館へ向かった。

映画館が入っているビルにはカフェやレストランも入っていた。

「なんかすごくラグジュアリーって感じ」

「ユキ、それ意味わかってる？」

慣れない横文字を使った私に、つかさは冷静に訊《き》いてくる。

「うーん、雰囲気《ふんいき》で使ってる」

「まあ拝島《はいじま》ってそういうとこあるしなぁ〜」

「なんで弓莉《ゆみり》がドヤ顔なの……」

弓莉《ゆみり》と私の話を聞いて、つかさはまた微笑《ほほえ》みを浮《う》かべていた。

列に並んで、ジュースと塩のポップコーンとキャラメルポップコーンを購入《こうにゅう》。この頃《ころ》には、つかさと弓莉《ゆみり》もだいぶ打ち解けている感じがした。

チケットを用意してくれた弓莉《ゆみり》にお礼を伝えて、私たちはこれから観《み》る映画の始まるスクリーンへと向かうのだった。


映画が終わって、私たちは近くのレストランでパスタを食べることにした。お箸《はし》で食べる、ちょっと和風押しの強いチェーン店だ。

みんなで一通り感想を言い合ってから、弓莉《ゆみり》がつかさに訊《たず》ねる。

「原作と比べてどうだった？　碧海《あおみ》さん、原作読んでたよね」

「えっと、まず物語の構造が変わってて……焦点《しょうてん》を当てるテーマも違《ちが》ってて……」

つかさの話は、かなり専門的な感じがした。私は半分くらいしか理解できなかったけど、弓《ゆみ》莉《り》は面白《おもしろ》そうに聞いていた。

もしかしたらこれ、偏差《へんさ》値の違《ちが》いか……？

私はわかるフリをして頷《うなず》きながら、パスタとデザートを食べていた。

感想戦についていけないのは虚《むな》しいけれど、楽しい映画鑑賞《かんしょう》会になったと思う。恋愛《れんあい》がメインの物語かと思いきや、家族愛も描《えが》かれていて、ぐっときた。つかさ曰《いわ》く原作はもっと家族の物語がメインだったとのことだけど、原作を知らない私も十分面白《おもしろ》かった。

パスタを食べ終えた後は、みんなで電車に乗って移動した。

途中《とちゅう》のスーパーでお菓子《かし》と飲み物を買って、準備は万全《ばんぜん》。十五時半には家に着いていた。

マンションの部屋に入って開口一番、弓莉《ゆみり》は「おー！」と声を出す。

「拝島《はいじま》の家だー！」

「なんでそんな嬉《うれ》しそうなの」

「だってずっと荒《あ》らしに来たいって言ってたのに、来《こ》れたのようやく今だしぃ」

「荒《あ》らしたいって言うからでしょ」

「まあまあ、そもそもひとり暮らしの人の家に来るの初めてだし。フツーにワクワクする」

私が部屋に入った後、弓莉《ゆみり》が続いた。

「お邪魔《じゃま》しまーす！」

「はいはい、いらっしゃい」

その後には、つかさが部屋に入ってくる。

「ただいま」

「……む」

自然と出たつかさの言葉に、弓莉《ゆみり》がちょっとだけ頰《ほお》を膨《ふく》らませる。

「ごめんね、今さらになっちゃって」

先にうちに来たいと言っていたのは弓莉《ゆみり》だったのに呼ぶのを先延ばしにしちゃったし、そこは申し訳ないなって思っている。

「ううん、タイミングってあるしね。あれ、えっと」

弓莉《ゆみり》がそう言うと、手を洗うジェスチャーをする。そんな動きを見て、答えたのはつかさだった。

「洗面所はこっち」

「……むむ」

つかさが弓莉《ゆみり》を、洗面所に案内した。

なんだかやっぱりちょっとピリっとする感じがする。私はもっと早く遊びに誘《さそ》えば良かったとあらためて後悔《こうかい》しつつも、全員リビングに揃《そろ》ったところで「じゃあ」と切り出す。

「やろっか！　やっぱ校内模試対策かな」

リビングのテーブルに勉強道具を広げて、いつものように問題集に向き合うことにした。

なんだかんだ言って、勉強をし始めると全員集中していた。

弓莉《ゆみり》は喋《しゃべ》るのが好きだけれど、オンとオフを切《き》り換《か》えられるタイプだと思う。それは塾《じゅく》で一《いっ》緒《しょ》だった時からそうだったし、学校の授業中もそうだ。

こうやってつい余計なことを考えてしまう私の方がよっぽど、集中力がない。ひとり暮らしの存続がかかっているのに危機感がないって、自分でも思うし。

それでもつかさが言う通り、自分のできることとできないことをしっかり認識《にんしき》して、できることを精一杯《せいいっぱい》、きちんと考えてやっていくしかないと思っていた。

二時間くらい続けたところで、私は一度お手洗いに立った。

ちょっと眠気《ねむけ》が出てきたので、そのままの流れでベランダに出て外の空気を吸った。

リビングに戻《もど》るまで、五分くらいしかなかったと思う。その五分で、リビングの空気は大きく変わっていた。

「ちょっと待って……一緒《いっしょ》のベッドで寝《ね》てるって……どういうこと……？」

戻《もど》ってきて最初に聞いたのは、弓莉《ゆみり》の驚《おどろ》いた声だった。

その声にはどこか怒《いか》りも混じっている。

どういう話の流れで弓莉《ゆみり》のこの発言に至ったのか、想像したくはなかった。

「じゃあさ、さすがにもう別れたんだよね……狭山《さやま》さんと……？」

「まだ、別れてない」

つかさは弓莉《ゆみり》の質問に対して即答《そくとう》した。

こういう時くらい嘘《うそ》をついてもいいと思っていた。嘘《うそ》も方便って言葉もあるくらいだ。

「えっ……マジ………？　正直、碧海《あおみ》さんがユキの家に来てからもう一ヶ月近いんだし……とっくに別れてると思ってた」

「………それは、久留米《くるめ》さんの思い込み」

「家庭とか個人とか色んな事情があるから、恋人《こいびと》と距離《きょり》を置いてる状態でも……相手は同性だし、ユキって同性が好きなわけじゃないかもしれないし……一緒《いっしょ》に住むってこともあるのかなって思ってた……けど……！」

弓莉《ゆみり》は私が戻《もど》ってきていることに気づいていないようだった。中学の頃《ころ》と同じように、私を名前で呼んでいる。

「なんかさぁ、同じベッドで寝《ね》るとかそういうの、違《ちが》くない？　もし狭山《さやま》さんが知ったら嫌《いや》なんじゃないの？」

「玲羅《れいら》のこと、久留米《くるめ》さんに言われる筋合いないけど」

つかさはツン、とした態度でそう答えていた。

「じゃあうちの気持ち言うよ。うち、そういうのなんかすっごい嫌《いや》」

「それ、余計に久留米《くるめ》さんに言われる筋合いない」

「あるよ！　だってうち、ユキの友達だもん」

「……どういうこと？」

「碧海《あおみ》さんがどんな気持ちなのかは知らないけど、ユキを巻き込まないでほしいってこと。勉強教えるって名目で、本当は——……」

言いかけて、弓莉《ゆみり》は言葉を引っ込めた。その理由は、弓莉《ゆみり》と目が合った私が一番よくわかっていた。

「拝島《はいじま》……聞いてたの？」

弓莉《ゆみり》は目を丸くして、私を見ていた。弓莉《ゆみり》の言葉で、つかさも私が戻《もど》ってきたことに気づいたようだ。

向き合っていたふたりは、気まずそうに顔を逸《そ》らす。

そのまま沈黙《ちんもく》が流れた後、弓莉《ゆみり》は私に視線を向けた。

かっと目を開いたその表情は、私が初めて見るものだった。

「拝島《はいじま》はさ、碧海《あおみ》さんが狭山《さやま》さんとまだ別れてないってことを知ってたんでしょ？　なのに一《いっ》緒《しょ》のベッドで寝《ね》るとかそういうの……いいの？」

言われた私は、どう答えればいいかを見失っていた。

黙《だま》ったまま何も言えなくなってしまった私を見かねたのか、弓莉《ゆみり》は続けて口を開いた。

「そういうのって、浮気《うわき》と何が違《ちが》うの？」

「で……でも同性だし……別に気にすることじゃ………」

「同性だからは理由にならない！」

私の煮《に》え切《き》らない答えに対して、弓莉《ゆみり》は声を張ってそう言った。

弓莉《ゆみり》の言い方に、私は驚《おどろ》いていた。つかさもまた、弓莉《ゆみり》の迫力《はくりょく》に呆気《あっけ》にとられているようだった。

「……ごめん、大きな声出した」

すぐに謝った弓莉《ゆみり》に、私は首を振《ふ》って返す。

「ううん……大丈夫《だいじょうぶ》。弓莉《ゆみり》が思っていることはよく、わかった」

「碧海《あおみ》さんと狭山《さやま》さんとのことだけじゃなくて——うち、そう思ってるから」

狭山《さやま》さんに対してどうかということではなく、弓莉《ゆみり》は私が恋人《こいびと》のいる人と距離《きょり》を近くしていることに拒絶《きょぜつ》感がある。それをよく理解することができた。

「……久留米《くるめ》さん」

つかさは弓莉《ゆみり》のことを見ながら、ぼそりとそうこぼした。

弓莉《ゆみり》の苗字《みょうじ》を呼んだだけのつかさが何を考えているのか、私にはわからない。

「…………っ！」

つかさのことを一瞥《いちべつ》してから、弓莉《ゆみり》は悲痛な声で言う。

「拝島《はいじま》だって——ホントは嫌《いや》なんだよね？」

喉《のど》の奥から搾《しぼ》り出《だ》している嘆願《たんがん》するような声でもあった。

私のほとんど唯一《ゆいいつ》の友達である弓莉《ゆみり》から、潤《うる》んだ目で見つめられるのは胸が苦しくなる。

「私は…………」

何を言うか考えないまま、私は口を開いていた。

言葉を失っていた私に、つかさが歩み寄る。そして――。

「嫌《いや》なはずないよ」

つかさは私の体を抱《だ》き寄せた。

「ん――――！」

「はぁっ⁉」

弓莉《ゆみり》はこちらを、正確にはつかさを、睨《にら》んでいた。

見たことのない表情だった。

今にも泣き出しそうな顔で、それでも眉間《みけん》にしわを寄せるほど、つかさのことを睨《にら》んでいる。

「一体、何を――？」

「嫌《いや》なはず、ないよ。だって前もこうしてハグしたけど、ユキは嫌《いや》がらなかった」

「――――っ！」

「手を繋《つな》いでも、嫌《いや》がらなかった」

「――――っ‼」

弓莉《ゆみり》は目をかっと開いて、完全にそのまま停止してしまった。

つかさは私をぎゅっとしたまま、手を離《はな》そうとはしなかった。

私はつかさから離《はな》れようとしたけれど、体格差もあるせいで、手をばたばたすることしかできなかった。

無理矢理離《はな》れることはできたかもしれないけれど、それではつかさに痛い思いをさせてしまう方法しか思いつかなかったから、躊躇《ためら》っていた。

私は弓莉《ゆみり》にどう言い訳をすればいいかと、ずっと思考を巡《めぐ》らせていたけれども、どんな言い訳をすればいいのか全く思いつかない。

そもそも言い訳をすべきなのかどうかも、わからなかった。

私がまだカノジョのいるつかさと一緒《いっしょ》にいることも、添《そ》い寝《ね》していることも、ハグされても拒否《きょひ》しなかったことも――この瞬間《しゅんかん》ハグされていることも、全部事実なんだから。

「ねぇ、拝島《はいじま》……ホントなの？」

「…………………うん」

弓莉《ゆみり》に問いかけられた私は嘘《うそ》をつくことはできなかった。弓莉《ゆみり》は質問を続けてくる。

「拝島《はいじま》はこの先、どうしたいの？」

「勉強は、したい。手応えも、ある。だから――この関係は続けたい」

私が言うと、つかさは私の背中に回した手のひらの力を一層強くした。

つかさは何も言わないけれど、私の言葉を肯定《こうてい》したんだと、思う。

「…………わかった」

弓莉《ゆみり》は静かな声でそう言って、荷物をまとめ始めた。

「もう、勉強どころじゃないから、ごめん。今日はうち、帰るから」

「でもね、さっき言った通りね、これは浮気《うわき》とかじゃない。私はいま恋愛《れんあい》感情なんて――」

言い放った弓莉《ゆみり》への答えは、簡単に跳《は》ね返《かえ》される。

「いい」

「………うん」

私はこれ以上、何も言うことができなかった。

つかさは私を離《はな》したけれど、私はそのまま動かず立っているだけで必死だった。

「じゃあ、うち帰るから。家にあげてくれて、ありがと。またね、ユキ」

弓莉《ゆみり》は私を名前で呼んでいた。

それが意図的なものかそうでないのか、考えることもできなかった。

そして弓莉《ゆみり》はつかさに向き直り、私に向けていた穏《おだ》やかな表情から静かながら大きな怒《いか》りを湛《たた》えたような顔に一変する。

「………絶対、取り返す」

弓莉《ゆみり》はつかさに向かってそう言った。

「……元々、あなたのものじゃない」

玄関《げんかん》までの見送りすら拒否《きょひ》した弓莉《ゆみり》の背中に向かって、つかさはそう言い放つ。

廊下《ろうか》の奥からばたん、とドアの閉まる音が聞こえた。

その後三分くらい、つかさも私も何も言わなかった。

「…………………ダメだ」

そして私はようやく言葉を発した後、全身の力が抜《ぬ》けるのを感じる。

無理して立っていることもできず、そのまま座り込んでしまった。

冷たい床《ゆか》に座り込むと、突然《とつぜん》、目の奥がぶわっと熱くなる。そのまま、熱い水が私の目から溢《あふ》れ出《だ》してきた。

「なんで……なんであんなことしたの……？」

「……わかんない」

「わかんないじゃないよ……だって、弓莉《ゆみり》に、私…………」

涙《なみだ》はとめどなく溢《あふ》れてきた。

私は止めようとすることもせず、感情のままに喋《しゃべ》っていた。

「もう……取り返しつかないよ……こんなの……。明日からの学校、どうすればいいの……？」

つかさは、私の質問には答えなかった。

「……ぐすっ……ひぐっ……ぐすっ…………うぅ…………」

私はその後、三十分以上は泣き続けていたと思う。

泣き疲《つか》れた私は、ご飯も食べずに寝《ね》てしまおうと思った。

寝《ね》る時間には早過ぎるけれど、何かをする気力は全く湧《わ》かなかった。

私が寝室《しんしつ》に行くと、つかさも後ろをついてきた。

「…………っ」

何を話していいのか、わからなかった。

突《つ》き放《はな》す気にもなれなかった。

だってあんなことをされたのに、来ないでほしいとも思っていなかったから。

私は黙《だま》ったまま、ベッドに横になった。

「えっ……」

ベッドに横向きで寝《ね》た私の肩《かた》が押さえられて、私の体がぐい、と動かされる。仰向《あおむ》けになって、天井《てんじょう》が見える。つかさは両手をベッドにつく形で、私の上に覆《おお》い被《かぶ》さってきた。

「ちょっと……」

「…………ごめん」

何に対して謝っているのか、わからなかった。

わからないまま、つかさの顔がゆっくりと私の顔に近づいてくる。

つかさの顔は、キレイだった。

近くで見ると、まつ毛の長さも肌《はだ》のきめ細やかさも、微《かす》かに潤《うる》んだ大きな瞳《ひとみ》もよく見える。

意識したことなかったけれど、つかさの唇《くちびる》は少し薄《うす》めのピンク色で、ぷるっとした光沢《こうたく》がある。

そのまま、つかさの唇《くちびる》が私の唇《くちびる》に向かって――。

「ダメ――っ！」

触《ふ》れそうになったところを、私は体を横に翻《ひるがえ》して拒絶《きょぜつ》した。

「…………」

つかさは何も言わず、自分の体を横に倒《たお》して体重をベッドに預ける。顔を背《そむ》けた私と、再び正面から向き合う形になる。

私は反射的に手のひらで唇《くちびる》を隠《かく》す。

その動きを見てか、つかさはこれ以上、唇《くちびる》を近づけようとはしなかった。

「なっ……何をっ……！」

「……キス、しようとした」

「わかるけど……わかんないよ！」

私は大きな声を出していた。

自分でも理由はわからない。

一度引っ込んだはずの涙《なみだ》が、再び目から溢《あふ》れてきてしまった。

「……なんでなの……？　どうしてなの……？」

「ユキが、久留米《くるめ》さんよりわたしを選んでくれたから」

「えっ――」

「そうしたら、すごく辛《つら》そうだったから。気が紛《まぎ》れたらいいなって思った」

「わけ……わかんないよっ！」

目の前につかさの顔があることに耐《た》えられなくなって、私は体の向きを変えた。

「さっき言ったじゃん。勉強のため……だよ」

「うん、わかってる。でも、嬉《うれ》しかったから」

「キスなんてダメだよ。そんなの……手を繋《つな》ぐとか、ハグするとかとは違《ちが》うよ。それをしたら……そんなの、絶対に浮気《うわき》だから。私、浮気《うわき》はしないから！」

「……うん」

自分で言っていて、思う。

どうして拒否《きょひ》する言葉が、浮気《うわき》しか出てこないんだろう。

どうして心臓がこんなにもバクバクとうるさいんだろう。

つかさが狭山《さやま》さんのカノジョじゃなかったなら、どうしていたんだろう——？

考え始めると、心臓が痛いほどに激しく脈打つ。

気持ち悪いほどに、胸が痛い。

ああ、なんなんだこの感情。

全てがわからなくなって、私は目をつむった。

息苦しさを覚えているのに、隣《となり》に感じる温かさに安心感があった。

そこに安らぎを覚えるほど気持ち悪くなって、眠りに落ちるまでの間ずっと、涙《なみだ》が止まらなかった。


「……おはよ、ユキ」

「おはよう………つかさ……朝ご飯、食べよっか」

翌朝の月曜日、つかさも私も昨日のことには何も触《ふ》れなかった。

お互《たが》いの態度で、気にしていることがわかる。感情の起伏《きふく》がわかりにくいつかさも、気にしているというのが見てわかる。

いつもの通りお弁当を作っているうちに元通りになって、学校に行った。

「弓莉《ゆみり》、おはよう」

学校で、弓莉《ゆみり》も昨日のことには何も触《ふ》れなかった。

「おはよぅ、ユキ！」

けれどもこの呼び方ひとつでわかる。

昨日のことは夢でも幻《まぼろし》でも全くなくて、現実だってこと。

「今週末、校内模試だよねぇ。きっつー。ユキは勉強の調子どう？」

そしてもう、何かが不可逆に動き始めてしまったということも。

6　不安と期待がアンビバレント

つかさと弓莉《ゆみり》との三人で勉強会をしてから数日が経過し、明日はいよいよ校内模試のある金曜日となった。

弓莉《ゆみり》は勉強会の最後に見せた怒《いか》りは学校では一ミリたりともあらわにせず、それまでと同じように話すし、一緒《いっしょ》にお弁当を食べてもいた。

あんなことがあったのに変わらないのはむしろ不自然なのかもしれないけれど、心乱されることがないのはありがたいと思っていた。

私もあの日、弓莉《ゆみり》の前でどうしてもっとつかさのことを拒絶《きょぜつ》しなかったのかわからない。数日が経《た》った今はもっとわからなくなっていた。

ひとつ変化を挙げるとすれば、つかさとの距離《きょり》感だった。

あの夜のようにキスをしようとして唇《くちびる》を近づけてくることはなくなった。けれど――。

「ここ、わたしも復習しときたかったんだ」

私がベッドに座って教科書を読んでいると、つかさは膝《ひざ》の間に入りこんで座ってくる。その姿勢で、私に背中を預けてくる。

「ちょっと……これだと教科書見えにくいんだけど」

「そうかな？　じゃあ、教科書持っててあげる」

「あ、そんな動いたらっ……へぶっ！」

背もたれがないので、私は勢いよく寄りかかってきたつかさを支えられず、ベッドに倒《たお》れ込む。つかさは私の上に倒《たお》れ込む格好になって、私はつかさの下敷《したじ》きになってしまう。

「……ごめん」

つかさは体を横に転がして、うつ伏《ぶ》せでふたり並んで教科書を見る格好になった。

教科書が見えるように、肩《かた》同士が密着する。

その体勢で、つかさは私の方に足を乗せてくる。

「ちょっ……」

「楽……」

ふたりとも部屋着で生足なせいで、肌《はだ》のすべすべした感触《かんしょく》が直接伝わってくる。

お風呂《ふろ》上《あ》がりだから余計にもちもちしてあったかい。

「……まったく」

こういうことが、以前より気にならなく——当たり前になっていた。

狭山《さやま》さんのカノジョだってことは変わっていないはずなのに、私の感覚はすっかり麻痺《まひ》しているようなものだった。

キスを拒絶《きょぜつ》したことがむしろ、何かもっと大事なものを決壊《けっかい》させてしまったのかもしれないと、そう思っていた。

でもこんなのは、一緒《いっしょ》に暮らしている日数が積み上がって、壁《かべ》がなくなってきているだけ。

(だから絶対、浮気《うわき》なんかじゃないから……だから、大丈夫《だいじょうぶ》……)

同時に私の中に不安と期待の相反する気持ちが生まれてきているのを、必死に、気づかないようにしていた。


金曜日が、私にとってひとつの勝負の時だった。

香織《かおり》さんから赤点を取ったらひとり暮らしをやめさせるという念押しがあり、私はつかさに背中を押されて自信満々で返事をした。

科目は国語・数学・英語の三科目。

この約十日間、私はつかさと主にこの三科目を重点的に学んできた。

だから大丈夫《だいじょうぶ》。でも問題との相性《あいしょう》が悪いこともあるかもしれない。それでも点数をちゃんと取れるように勉強してきた。

いつものようにつかさと一緒《いっしょ》に登校しながら、私は自分に言い聞かせていた。

「ねぇ……」

それぞれの教室に分かれて向かおうとした時、つかさが私の手を引いて下駄《げた》箱の裏に引き寄せてきた。

そして、私の手を両手で握《にぎ》り、胸の高さまで持ち上げた。

私は反射的に左右を見たけれど、ちょうど登校の波が止まっており、下駄《げた》箱の裏は教室へ向かう生徒たちの動線からは死角になっていた。

「……頑張《がんば》って」

握《にぎ》った手に力を込《こ》めてから、つかさは優《やさ》しい声でそう告げた。

「──うん」

私が頷《うなず》くと、そのまましばらく手を握《にぎ》ったまま、つかさは私の目を見つめていた。

応えるように、私も視線を外さなかった。

見つめ合ってしばらくしてから、つかさは一本ずつ握《にぎ》った手を離《はな》す。

「……じゃ」

そう言って、つかさの方から先に教室へと向かった。

私はちょっとだけ呆《ほう》けてしまった。

時間差で、自分の中に不安がほとんどなくなっていることに気がついた。

つかさが手を握《にぎ》った感触《かんしょく》と同時に、うちで一緒《いっしょ》に勉強している時の記憶《きおく》が思い出される。つかさと一緒《いっしょ》に体をくっつけていると、安心するって感覚を思い出す。

「よし！」

「…………………おはよう」

「へぁっ！」

教室へ向かおうとした私に、聞き覚えのある声が挨拶《あいさつ》を投げかけてきた。

声の主は狭山玲羅《さやまれいら》……つかさのカノジョだった。

「お、おはよう」

狭山《さやま》さんの存在に気づいて、心臓がバクバクと速く動くのを感じる。

直前までつかさといたこと、手を握《にぎ》って見つめ合っていたところを見られていたかもしれない。

焦《あせ》ることはない、だって浮気《うわき》でもなんでもないんだから——そう自分に言い聞かせたところで、そういう問題じゃないとすぐに自分で否定することになった。

「えっと」

「そんなに怯《おび》えないで、普通《ふつう》にしてよ」

狭山《さやま》さんは以前ほど敵意剝《む》き出《だ》しな瞳《ひとみ》をしていなかった。

恐《おそ》らくさっきの様子は目撃《もくげき》されていない。安心と同時に、罪悪感が胸をちくりと刺《さ》した。

なら何で私に声をかけたのか、意図がわからない。そのせいで、焦《あせ》りを感じていた。

「つかさは……ちゃんとご飯食べてる？」

「え、あ……うん。ちゃんと食べてるよ」

私がそう答えると、狭山《さやま》さんの表情はかすかにほころんだ。

「なら、良かった。あの子、何かあるとすぐご飯を食べなくなるから。栄養は偏《かたよ》ってない？」

「それも、たぶん大丈夫《だいじょうぶ》。お弁当も夜ご飯も私が作ってるけど、栄養バランス、ちょっとは考えてる」

「貴方《あなた》が、手作り……？」

「うん、そうだけど」

狭山《さやま》さんは少し驚《おどろ》いた表情を浮《う》かべてから、一度目を閉じて頷《うなず》いた。

「まあ、なら大丈夫《だいじょうぶ》そうね。それで、聞きたいことが——いえ。これから校内模試だし、やめておきましょう」

狭山《さやま》さんはひとりで納得《なっとく》してから、私が何か言うのを待たずに続ける。

「少なくとも校内模試の結果で、貴方《あなた》たちが言っていた『一緒《いっしょ》に住むのは勉強のため』って理由が本当かどうか、わかるしね」

穏《おだ》やかな口調だったけれど、狭山《さやま》さんの言葉にはちくりと刺《さ》してくるような鋭利《えいり》さもあった。

「では、校内模試の結果が出る頃《ころ》に、また」

私は頷《うなず》いて返事をしたけれど、狭山《さやま》さんはこちらを見ずに去って行ってしまった。

一方的でいい、私が何を言おうが聞きたいことは聞く。そういうことだろう。

でも狭山《さやま》さんの言っていたことはわかる。これで校内模試の成績が悪ければ、私の口にした方便はなんだったんだってことになるからだ。

香織《かおり》さんとの約束に加えてもうひとつ、悪い成績を取れない理由が増えた。

元々、プレッシャーに強いわけじゃないのに、さらに重圧が増してしまった。

教室に行った私は、弓莉《ゆみり》といつものように挨拶《あいさつ》を交《か》わす。

しばらく雑談をしていると、弓莉《ゆみり》は「そうだ」と切り出して話題を変える。

「校内模試、いい結果を出せるといいねぇ」

「え、うん、そうだね」

弓莉《ゆみり》の言葉に反射的に答えた私だったけれど、言外の意味を感じずにはいられなかった。

どんな意図があるかにかかわらず、私は弓莉《ゆみり》の言葉からも校内模試に対してプレッシャーを感じていたのだった。


校内模試は一限から始まって、特殊《とくしゆ》な時間割になる。

普段《ふだん》は一コマ五十分のところ、校内模試では九十分となり二コマ分だ。いつもより長めの休憩《きゆうけい》時間を挟《はさ》んで、国語と数学を午前中に行う。

受験を意識しているのか、少し短めの昼休みを挟《はさ》んで、午後もまた九十分間で英語の模試を行う。午後には食後の眠気《ねむけ》が襲《おそ》ってくるため、お弁当は少なめにして、試験が終わってからたっぷり食べると決めていた。

長尺に慣れるため、九十分間休憩《きゅうけい》を挟《はさ》まずに問題を解く練習もしていた。三科目分の時間を連続で取ることはできなかったけれど、かなり意味はあったと思う。

一年の校内模試でこれだけ気合いを入れる生徒がどれだけいるかは、正直わからない。けれども中間試験で赤点を取った私にとって、気合いを入れ過ぎて準備するくらいがちょうどいいと思っていた。

そして十四時過ぎ、いつもの授業よりも早めに校内模試は終わった。

「ふぃー、疲《つか》れた」

「お腹空《なか》いたぁ……」

「ユキはそれかぁ。はい、チョコ」

「わーい！　弓莉《ゆみり》しゅき！」

「…………っ！」

私は弓莉《ゆみり》が持っていたスティックチョコを受け取るやいなや、口に放り込んだ。

弓莉《ゆみり》はどこか驚《おどろ》いたような表情を浮《う》かべている。

「ああ、ごめん、つい、嬉《うれ》しくて……」

うちであんな一件があった後なのにこれまで通りのテンションでいるのも申し訳ないと思って、私は反射的に言っていた。弓莉《ゆみり》は「ううん」と前置きをしてから続ける。

「ユキはいいんだよぉ、そのままで」

平然とそう答えた弓莉《ゆみり》の目は、決して笑ってはいなかった。

その言葉の意味を、今は深く考えないことにする。

「……で、手応えはどうだった？」

私がエアリーなクランチチョコをサクサクと咀嚼《そしゃく》していると、弓莉《ゆみり》は校内模試について訊《たず》ねてきた。

「……正直、心配してない。赤点はないと思う」

私はチョコを飲み込んでから、そう答えた。

これが、嘘偽《うそいつわ》りのない答えだった。試験中はもちろん集中して余計なことを考えてはいなかったけれど、終わってみれば呆気《あっけ》なかった。

決して、学年で上位の順位ではないと思う。

けれども中間試験のように赤点を取る程《ほど》では、絶対ないという確信があった。

私はこれまでと違《ちが》って明確に勉強時間を積み重ねていた。ちょっと計算しただけでも、中間試験ではいかに勉強時間が足りていなかったかということがよくわかる。

「碧海《あおみ》さんと勉強した結果が出た？」

「……うん。勉強を教えてもらっただけじゃなくて、私の管理っていうか、なんていうんだろ、マネジメントみたいなものもやってくれてたし」

弓莉《ゆみり》からつかさの名前が出たのに、私は少し驚《おどろ》いた。

どう答えるべきか逡巡《しゅんじゅん》したけれど、後ろめたいことは何もないと断言できる——しなくちゃいけないと思った。

だからそういう態度を取らなくてはいけないと思ったし、私が思うことをそのまま伝えた。

がむしゃらに勉強したわけではなく、映画の気分転換《てんかん》も含《ふく》めて、つかさは結構厳しい反面で、適度に息抜きの時間を取ってくれてもいた。

恐《おそ》らく過去に色々あったからこそ、勉強のペース配分まで気を遣《つか》ってくれたのだろう。

「——ふぅん。でも、ユキが頑張《がんば》った結果だよね」

先に言ったのは弓莉《ゆみり》なのにちょっと不機嫌《ふきげん》そうな態度を取るのはずるいと思うけれど、あの日のことを思い返せば無理もないと思う。

そしてすぐに、弓莉《ゆみり》がわざわざつかさの名前を出した理由もわかった。

「校内模試が終わるまではさ、あんまりユキの心を乱したくなかったから、あえて言わなかったけどぉ……碧海《あおみ》さんのこと話すの、気にしなくていいからね。なんとなくうちも話題に出さなかったしぃ、ユキがそうしてたのもわかるから。ちょっと窮屈《きゅうくつ》そうだった」

「そっか……そう見えてたかも」

自覚はなかったけれど、弓莉《ゆみり》から見たらそうだったのだろう。

弓莉《ゆみり》は「うん」と頷《うなず》いてから、さらに続ける。

「ユキが騙《だま》されてるのはわかってるから」

ピリっと張《は》り詰《つ》めた空気に、チョコの甘さがわからなくなった。

弓莉《ゆみり》はあくまでさらっと、何気ない調子でそう言った。

「騙《だま》されてるって……そんな、どうして?」

「ちょっと語弊《ごへい》がある言い方だったかなぁ。でもね、ここ数日、うちも碧海《あおみ》さんのこと考えてみたんだ。だって勉強を教えてもらうだけで家に泊《と》め続けるなんて、普通《ふつう》オッケーしないから」

「えっ……」

かすかに動揺《どうよう》した私とは対照的に、弓莉《ゆみり》はずっと極端《きょくたん》なまでに冷静だった。喋《しゃべ》り方はいつも通りなのに、感情がずっと凪《な》いでいる。

「だから、ユキを惑《まど》わせてる。ひとり暮らしで寂《さび》しい気持ちが残ってるユキの心につけ込んで、都合のいい居場所にしたんじゃないかって思ったんだ」

「弓莉《ゆみり》……そういう言い方しないで。違《ちが》うよ。だって私、何も惑《まど》わされてなんかないよ? 弓《ゆみ》莉《り》が言うのはさ、私がつかさに対して恋愛《れんあい》的な『好き』がないと成立しないことだよ?」

「ほら、やっぱそうでしょ。ユキはいつも碧海《あおみ》さんのことを庇《かば》う。どういう理由があって碧海《あおみ》さんと狭山《さやま》さんが距離《きょり》を置くことになったかは知らないけど……ユキは利用されてるんだよ。碧海《あおみ》さんも家庭環境《かんきょう》……たぶん色々あって、頼《たよ》れなかったりするんだと思う。それは仕方ないよ。でも、ユキが利用されるのは、うちは嫌《いや》だ」

「違《ちが》う……違《ちが》うよ。私、利用なんてされてない。さっき言ったじゃん。校内模試でいい点数取れそうだって。ちゃんと勉強で結果が出そうだから、つかさと一緒《いっしょ》に住んでるんだよ？」

「今朝、見たよ」

「——え……何を？」

「ふたりで手を繋《つな》いで、見つめ合ってるとこ」

私は喉《のど》がきゅっと締《し》まるのを感じた。

狭山《さやま》さんに見られていないということで、安心していたからこそ、余計に。

弓莉《ゆみり》に見られているかもしれないという発想すら、私の中には全く生まれてはいなかった。

「違《ちが》っ……あれはっ……」

「ほら、また庇《かば》う。だって碧海《あおみ》さんには、狭山《さやま》さんってカノジョがいるんだよね？　もしかしたら狭山《さやま》さんに見られちゃうかもしれないって場所で——あんなことしてたの、やばいよ？」

「あんなことって、別に……」

キスとかしてたわけじゃない。

キスは回避《かいひ》したし。

頭に浮《う》かんだ言葉は、すぐに引っ込めた。

ぎりぎりのところで、自分の感覚が麻痺《まひ》していることを思い出すことができた。

キスしないなんて、当たり前のこと過ぎる。

むしろその言葉が出てくる時点で、おかしくなっているんだ。

「ねぇ、ユキ」

「………………うん」

「もう一個、チョコあるよ？」

「……いい、もう、大丈夫《だいじょうぶ》」

弓莉《ゆみり》はチョコを持った手を、そのまま引っ込めた。

一度大きく頷《うなず》いてから、落ち着いた声で告げる。

「うちの言葉は今は届かないかもしれない。でももう一度よく考えてほしい。ユキのしていることが、誰《だれ》かを傷つけているかもしれないってことを」

私は真面目に冷静に言う弓莉《ゆみり》に、返事をすることができなかった。

「うちは今までのユキでいてほしい。うちの心を救ってくれたユキでいてほしい」

「弓莉《ゆみり》のことを……救った？」

「今のは………忘れて」

弓莉《ゆみり》が言ったことに、私は心当たりがなかった。

「今日うちが言ったこと、ちょっとだけでいいから、考えてほしいな。それだけ。さっき言った通り、明日からは今まで通りでいいから」

戸惑《とまど》う私をよそに、弓莉《ゆみり》は早口でそう言い終えると、「じゃ」と教室を後にした。

心臓が、変なリズムで鼓動《こどう》している気がして、落ち着かなかった。

「はぁっ……はぁっ……」

私は自分の席に座って、胸を押さえていた。

色んな思考が脳裏《のうり》を巡《めぐ》る。

つかさの顔が、弓莉《ゆみり》の顔が、狭山《さやま》さんの顔が繰《く》り返《かえ》し思い出される。

ホントはもうわかっている。

誰《だれ》かを傷つけているかもしれないこと、自分がつかさを拒絶《きょぜつ》しないこと、全てが鈍感《どんかん》さの上に成り立っているんだって。

「……ユキ」

教室の入り口から、つかさの声が聞こえた。

私は深呼吸をしてから、つかさに向き直る。

「ユキ、大丈夫《だいじょうぶ》？　具合悪そう」

「ううん、大丈夫《だいじょうぶ》。ちょっと疲《つか》れただけ。つかさ、どうしたの？」

「ユキが遅《おそ》かったから、どうしたのかなって」

「ちょっと話してただけ。今、帰ろうと思ってたとこだよ」

「そっか。じゃ、一緒《いっしょ》に帰ろ」

つかさは座ったままの私に手を伸《の》ばしてくる。

私は迷わず、その手を取った。

つかさの手に触《ふ》れると、心が落ち着く。

この感覚にも、私は鈍感《どんかん》でいなくてはいけない。

——絶対に。


そして、つかさがうちに泊《と》まることになってから五回目の週末を終えて、月曜日を迎《むか》えた。

つかさと暮らすようになってから、およそ一ヶ月が経過したことになる。

この週末は校内模試の疲《つか》れがあるから休みたかったけれど、結局期末試験も控《ひか》えているので、いつも通りに勉強をしていた。

「来週から期末って、しんどいよねぇ」

先週、弓莉《ゆみり》は今まで通りでいいと言ったけれど、中々そううまくはいかなかった。

「うん……そうだね」

お昼ご飯を食べている時も、ずっとこの調子でぎこちなかった。

もちろん、ぎこちないのは私の方だ。

弓莉《ゆみり》はこれまで通りでいようと努力しているけれど、私にはそんなことはできなかった。

放課後、弓莉《ゆみり》はバスケ部の友達と一緒《いっしょ》に帰って行った。どうやら部活仲間と勉強会があるらしい。期末試験の一週間前だから部活は休みだそうだ。

弓莉《ゆみり》が部活仲間と過ごすから、正直、助かったと思った。

六限の授業で、校内模試の成績表を先生から渡《わた》された。

成績表を持って教室を出ようとしたところで、私は「ねぇ」と声をかけられた。

声の主に予想はついていた。

校内模試の日に言われたことを、忘れるはずがない。

「……狭山《さやま》さん」

「話があるの。ついてきて」

私はつかさに帰りが遅《おそ》くなるという連絡《れんらく》をしてから、狭山《さやま》さんと一緒《いっしょ》に学校を出た。

そのまま駅まで何も言わずに歩き、以前に行った喫茶店《きっさてん》へ入る。

構えていただけに、前にふたりで来た時とは別種の緊張《きんちょう》感があった。何より狭山《さやま》さんとふたりでこのお店に入るということに違和《いわ》感《かん》も。

狭山《さやま》さんに促《うなが》されて、私は高級そうなベロア生地《きじ》のソファに腰掛《こしか》ける。店内は程《ほど》よく涼《すず》しく、快適だった。

「今日も私が出すから。拝島《はいじま》さんは気にしなくていい」

「ううん、いい。今日はちゃんと割《わ》り勘《かん》にしよ」

「自分で稼《かせ》いだお金？」

その部分を突《つ》かれると、私は弱かった。狭山《さやま》さんはすかさず続ける。

「なら家の人に悪いし、大丈夫《だいじょうぶ》。誘《さそ》ったのは私だし、本来付き合わなくてもいいことに付き合わせているわけだから、私が出す」

「その……狭山《さやま》さんはアルバイトとか、してるの？」

「知らないんだ」

「言われて思い出した。えっと……声優さんをやってるんだっけ……？　なんか、すごいよね」

「別に、すごいことじゃない。言いたいのは、遠慮《えんりょ》しないで注文していいってこと」

「うん……ありがと」

仕事のことについて、狭山《さやま》さんはそれ以上詳《くわ》しく話さなかった。

私はアニメやゲームに詳《くわ》しくないから、声優さんの名前もそんなに知らない。たぶん、テレビにたくさん出てるような人の名前をちょっと知っているくらいだ。

弓莉《ゆみり》ならもしかしたら違《ちが》うかもしれないし——つかさは、どうなんだろう。その辺りのこと、あんまり聞いたことがなかったな。

狭山《さやま》さんは六月も終わりになる暑い季節にもかかわらず、温かい紅茶を頼《たの》んだ。私はアイスのカフェオレと、ガトーショコラを注文する。

「違《ちが》っ……」

「……またデザートも頼《たの》むのね」

「前食べたの、美味《おい》しかったから」

「まあ、私は構わない。遠慮《えんりょ》しなくていいって言ったしね」

狭山《さやま》さんは呆《あき》れた調子でため息をついてから、飲み物が届く前に本題に入った。

「恐《おそ》らくだけど、校内模試で赤点はなかったんじゃない？」

「うん。なんでわかったの？」

「貴方《あなた》、わかりやすいから。とにかくそういうことなら、つかさと勉強をするって言ったのは嘘《うそ》じゃないってことね」

「それは……だってそう言ったじゃん」

「言葉だけで信じろって方が無理。貴方《あなた》がひとつ結果を出したから、その点については信じるってだけ」

私が何を言おうと、狭山《さやま》さんは一歩も引かないという雰囲気《ふんいき》だった。

また何か厳しいことを言われる、そう思ったけれど、私の予想は次の一言で半分外れることになった。

「……ごめんなさい。今日は貴方《あなた》を糾弾《きゅうだん》したいわけじゃない」

「ええっ、そうなのっ⁉」

「そんなに驚《おどろ》かないでほしいのだけど……仕方ないか」

狭山《さやま》さんがそういう態度を取ったことに、私はやはり驚《おどろ》いていた。

ちょうど店員さんが飲み物を持って来てくれたので、ふたりで一口飲んでから、話を続けることにした。

「昨日、貴方《あなた》が友達……久留米《くるめ》さんと話しているところを聞いてしまった。話しているというより、ほとんど口論だった。その原因は聞くまでもない」

「そっか……そうなんだ」

淡白《たんぱく》な感想しか出てこなかった。

校内であんな話をしていたら、誰《だれ》に聞かれていてもおかしくないと思っていた。教室にはふたりしかいなかったけれど、外にいた生徒も具体的な内容までは聞こえなくても、ほとんど喧《けん》嘩《か》にしか見えなかっただろうし。

「ふたりの問題はふたりで解決してほしいと言われたことを、ずっと考えていたの。にもかかわらず貴方《あなた》を巻き込んでしまったからこそ、友人関係にヒビを入れてしまったのかもしれない。ただでさえ、私のカノジョが居候《いそうろう》して、迷惑《めいわく》をかけているというのに。まずそのことを謝らせて……ごめんなさい」

「えっ……」

さっきに引き続き、狭山《さやま》さんは座ったまま頭を下げてきた。

その行動の全てが驚《おどろ》きだった。狭山《さやま》さんははっきりとした口調で話しているし、人に謝る時のしおらしさみたいなものは全くないけれど、その分、誠実な言葉だとわかった。

「それで、私なりに答えを出したから——つかさにうちへ帰ってくるように伝えてもらえる？」

「ち、ちょっと待って。そこ飛躍《ひやく》してるから」

「………どこが？」

「いや、だって私、つかさと狭山《さやま》さんとのこと何も知らない。別れようとした理由も……そもそも今ってどういう状態なのか、とか。距離《きょり》置いてるってことしか……知らないよ」

「え……本当？」

私が頷《うなず》くと、狭山《さやま》さんは頭を抱《かか》えた。

「うーん、うーん……つかさは話していないのかあ」

そのまま上を向いたり下を向いたりして、唸《うな》り声を出していた。

私の持っていた狭山《さやま》さんの印象と違《ちが》って、ちょっと戸惑《とまど》う。ちょっとして、キッと視線を私に向け直す。

「つかさがお世話になっている責任として、カノジョである私が経緯《けいい》を貴方《あなた》に話す。そうでないと何を言われても困ると思うから。けれどそうすると——貴方《あなた》も仲介人《ちゅうかい》として当事者のひとりになってしまう。どう？」

「わかった、いいよ」

私は考えるよりも先に返事をしていた。

ふたりの話、それは私がずっと知りたかったことでもある。狭山《さやま》さんから聞いてしまうことにつかさへの申し訳なさもある。しかし狭山《さやま》さんがこうして私と話すことを決めた以上、知らないままでは困るっていうのも本音だった。

狭山《さやま》さんは紅茶を一口飲んでから、話を始める。

「結論、貴方《あなた》も聞いている通り、つかさと私は距離《きょり》を置いているって状態。私はそれを解消したい……もう一度、私の家に戻《もど》ってきてほしい」

これが話の始まりだった。

「つかさと私が付き合ったのは——ここは省略。中学に上がる前には、私たちは恋人《こいびと》同士の関係だった。それくらい長いものだと理解して。中学受験して、ふたりとも櫻桐《おうとう》に入った。知っていたかは知らないけれど、私たちは内部生だった」

「しょ……」

小学生の頃《ころ》から、言いかけたけれど止めた。

内部生だというのは聞いたことはなかったけれど、なんとなく中学からいる内部生と高校からの私たちとは壁《かべ》がある感じがするし、驚《おどろ》きはない。

狭山《さやま》さんは「まあ」と話を続けようとしたので、私は耳を傾《かたむ》けた。

「まあ、色々あって。中三の夏休み頃《ごろ》から、つかさのお母さんが仕事の関係で約一年、海外に行くことになった。つかさは小学校に入る前からお母さんとふたりで暮らしていたけれど、つかさはついて行かなかったの」

つかさの両親のことを聞いたことはなかったけれど、お母さんの話しかしなかったことや、親には頼《たよ》れないと言っていたことから、なんとなく予想はしていた。

離婚《りこん》しているのか別居しているのか、あるいはそれ以外か……それ以上は予測できないけれど、大事なのはふたりで暮らしていたということだろう。

「それで、つかさは私の家に居候《いそうろう》することになった──両親は私たちが付き合ってることを知らない。幼馴染《おさななじ》みで女同士だし……表立ってイチャイチャするような関係じゃなかったから。私のお母さんはもしかしたら……ううん、それは関係ない」

でも、公園では……と言いかけたけれど、いま話してもややこしくなるだけなのでやめた。

「それで……約一ヶ月前。つかさのお母さんが夏休みに入る頃《ころ》に帰国することがわかった。元から決まっていたのか、つかさに伝えていなかったのかはわからない」

つかさに伝えていなかったと、狭山《さやま》さんがわざわざ付け加える意味はなんだろう。私にはとてもいい意味とは思えなかった。

「──そのことをつかさから聞いた私は、居候《いそうろう》はそこまでにして、お母さんと暮らすことを提案した。つかさはそれを断った。戻《もど》りたがらなかった」

「……どうして？」

「詳《くわ》しくは、私が話すことじゃない。ただ、ひどい暴力や暴言に晒《さら》されているとか、そういうことじゃない」

　つまり戻《もど》らないのは、もっと別の理由。

　今は狭山《さやま》さんが詳《くわ》しく語らない意味を、受け止めることにした。

「ここまで話せば、この後、私たちがどういう流れで今の状態になったかなんとなく察しはつくでしょう？」

「──ううん」

　神妙《しんみょう》な口調で言う狭山《さやま》さんに対して、私はガトーショコラの最後の一口を食べながら、はっきりとそう言った。

「その経緯《けいい》が一番大事なことだと思う。その解釈《かいしゃく》を任されても困るから、ちゃんと話して」

　私が言うと、狭山《さやま》さんは頷《うなず》いた。

　狭山《さやま》さんは紅茶を一口飲んでから、再び口を開く。

「戻《もど》るか戻《もど》らないかで、つかさと口論になった。私たちにとっての初めての喧嘩《けんか》みたいなものね」

「それだけ長く付き合って、初めてなんだね」

「表立ってイチャイチャしないだけで、仲はいいから」

「……………む」

なんで苛立《いらだ》ちに近い感情が湧《わ》いたのかわからないけれど、反射的にそう口からこぼれた。

「つかさがお母さんの家に帰らず、私の家に居続けることはつかさのためにならない。私と付き合っている限り、つかさの心境は変えられない。だったら別れるしかない——そういう話をした」

狭山《さやま》さんはすらすらと滑舌《かつぜつ》良く言葉を続けた。

「別れるなんてできない、私だって別れるのは本意じゃない——だったら、一旦距離《いったんきょり》を置こうという結論を私は出した。夏休みに入ってつかさの母親が帰ってくるなら、それが今の暮らしのリミット。納得《なっとく》しなかったつかさは……家出した」

「それで、私の家に来ることになった」

狭山《さやま》さんが頷《うなず》いたのを見て、私は言葉を重ねた。

「狭山《さやま》さんが家に帰るよう伝えたのは『親が戻《もど》ってくるなら一緒《いっしょ》に暮らした方がいい』っていう一般論《いっぱんろん》じゃない気がする。それに、狭山《さやま》さんはつかさとお母さんとの関係を私以上に何か知っているように見える。つかさのことをすごく大切にしているって感じもする。その理由を言いたくないから、結論を急いだの？」

「……ふぅん、意外と鋭《するど》いのね。まあさっきも、いきなり正論言われたしね」

「話、逸《そ》らさないでほしいんだけど」

「貴方《あなた》、チョコ食べると強気になるのね」

「…………」

私が無言で抗議《こうぎ》の表情を浮《う》かべると、狭山《さやま》さんはかすかに微笑《ほほえ》みを浮《う》かべた。

「──ふ。ぼかしたつもりはないの。貴方《あなた》の指摘《してき》する通り、私にはつかさが戻《もど》った方がいいと思った理由がある。それは、このままだとつかさがダメになると思ったから」

表情はすぐに真剣《しんけん》なものに戻《もど》った。

つかさがダメになるという言葉が家事ができないとか遅刻《ちこく》しがちだとか、そういうことを言っているのではないと、声の調子でわかった。

「私は……つかさがお母さんと向き合うことが必要だと思う。お母さんが日本に滞在《たいざい》するのは、たぶん一定期間。私もつかさの母親がそういう大事なことをあまり話さないことは知ってる。実際、多忙《たぼう》で突発《とっぱつ》的な仕事が多いのも……ランクは私が遙《はる》かに下だけど……同業だから理解できるつもり」

同業、と言ったことが引《ひ》っ掛《か》かった。声優なのかあるいは芸能界という意味で言ったのかはわからないけれど。

大事なのは、つかさとお母さんとの関係だ。

「今回の機会を逃《のが》したら、次はいつになるかわからない。ふたりの関係に私が首を突《つ》っ込むのは余計なお世話かもしれないけど……私はこのままじゃいけないと思ってる。放っておけないと思ってる」

「うん……私の全然知らない……思いもしないことだった」

「私はつかさのカノジョだから。貴方《あなた》とは理解が違《ちが》って当たり前」

狭山《さやま》さんの言うことは至極《しごく》真っ当だと思った。まさか家族ぐるみの付き合いのある幼馴染《おさななじ》みで、最低でも三年以上付き合っているとは思ってもいなかった。

その上で、狭山《さやま》さんからそう言われることにちょっとももやもやがあった。

「…………つかさはどう言ってたの？」

「想像の通り……って、そういうところの解釈《かいしゃく》を委ねるなってことよね。つかさは頑《かたく》なに嫌《いや》がった。私の家での居《い》候《そうろう》を続けたいということ。まあ……それで言い合いになって、ヒートアップして……それからは言った通り。これは同じだから、省略して構わないでしょう？」

「……うん。そういう話を、あの日、公園でしてたんだね」

だから結果的に、あの悲しいキスに繋《つな》がったということだろう。

つかさが狭山《さやま》さんとキスしていたところを思い出して、胸がちくりと痛い。何故《なぜ》かつかさが私に覆《おお》い被《かぶ》さってキスしようとしてきた夜のことを思い出していた。私は記憶《きおく》を脳裏《のうり》から消すため、首を横に振《ふ》った。

「――――貴方《あなた》、見てたの？」

「……あ」

「……はぁ、失敗した。さっき表立ってイチャイチャしないって言ったのはその……あのね、あの時は特別だから。キスだってあの時、初めて……って、いやいや何話してるんだ私！」

「全部声に出てるよ、狭山《さやま》さん」

私が指摘《してき》すると、狭山《さやま》さんは顔を赤くして頬《ほお》を両手で押さえた。

キスが初めてだったと聞いて、なんだか少し安心した自分がいる理由がわからなくて、やっぱり私は首を横に激しく振《ふ》っていた。

そんな私の態度を、狭山《さやま》さんは訝《いぶか》しげな目で見ていた。単におかしな行動をしている私を見ている、というだけではないと直感していた。

「とにかく、状況《じょうきょう》はわかった。その状況《じょうきょう》だと、つかさ、家出するしかなくない？」

「……え？」

「だって距離《きょり》を置こうって言われた後、また狭山《さやま》さんの家に戻《もど》るわけでしょ。しかも一方的な……通告みたいな感じで。夏休みにお母さんが戻《もど》ってくるまで……気まずくない？」

「…………う。言われてみれば」

狭山《さやま》さんって、なんなんだろうって思った。

私に言われるまで、本気で自分がどういう状況《じょうきょう》を作ったのか理解していない様子だった。

声優さんって物語や登場人物のことを理解しなきゃいけない職業だと思うんだけど、こういうのは別なのだろうか。

私は、店内が少し混んできたのを感じていた。

同時に、この話がそう長くは続かないというのも感じていた。

「つかさが気の毒」

「その曖昧《あいまい》な状態で一緒《いっしょ》に住んでいる貴方《あなた》に、言われたくはないけれど」

「だって私は――」

私は唾《つば》を飲み込んでから、一息ついて、言う。

「――つかさに対して恋愛《れんあい》感情ないから。家出した同性の同級生を、勉強を教えてもらうって条件で、泊《と》めているだけ」

そう、最初から何も変わっていない。

変わっていないんだ――本当に？

知らない、知らない。

「……そうね」

「それで、狭山《さやま》さんは最初に自分なりの答えを出したって言ってた。それは、何なの？」

「言わなかったっけ？　うちに帰ってきてほしいってこと」

「それは結論で、答えとは違《ちが》う気がする。どういう考えがあってとか、そういうこと」

狭山《さやま》さんは私から目を逸《そ》らさず、考えることもなく、すらすらと話し始める。

「時間が経《た》って、つかさがお母さんを避《さ》けてるんじゃなくて、私のことを居場所だって思ってくれてるんだと思った。私は自分の考えを押しつけた。今日話したこと、私の気持ちはちゃんと伝えられなかったと思うから、時期尚早《しょうそう》だったと思う」

「……狭山《さやま》さんって、コミュニケーション弱い？」

「弱っ……何をっ？」

「やっぱりつかさが気の毒だよ。きっと今日の最初みたいに、結論から話したりしてそう」

「うっ……それは……」

「もしも途中《とちゅう》から私に話してくれたように、狭山《さやま》さんの想《おも》いもつかさに伝えていれば……うぅん、これは余計なお世話だね」

言いたいことは引っ込めたけれど、決まっていた。

今つかさがうちに泊《と》まって……手を繋《つな》いだり添《そ》い寝《ね》したり、キスされそうになったり、してなかった。

何も始まってはいなかった。

今は何かが始まった……？

ああ、知らない、知らない。

「じゃあ、私の結論。今の話を聞いた上でも、この前と私の答えは変わらない。私にはどうにもできないから、ふたりで解決してほしい。つまりつかさと話して、結論を出してほしい」

自分の口調が淡々《たんたん》としていて、どこか冷たいものになっているという自覚があった。

「……貴方《あなた》」

「……何？」

「どうして私が話したことを貴方《あなた》からも伝えると言わないの？」

「言った通り、ふたりの問題だから」

「本当にそれだけ？」

「もちろん」

「………そう。貴方《あなた》、嘘《うそ》つきね」

狭山《さやま》さんがそう答えたのを聞いて、私は息を呑《の》んだ。

何をもって嘘《うそ》つきと言ったのか――質問するのは簡単だった。けれども質問をして言葉の応《おう》酬《しゅう》になれば、きっと私が不利になるという自覚があったから、黙《だま》っていた。

「この一ヶ月間、私がどういう気持ちだったか、貴方《あなた》には想像がつかないでしょうね」

狭山《さやま》さんの声の鋭《するど》さは、これまでとは比較《ひかく》にならなかった。

それは声のお仕事をしているからとか、そういうことが関係あるのかどうか、私にはわからなかった。

けれども一音一音で確実に、私の胸を貫《つらぬ》こうとしているのがわかった。

「つかさがどうかは考えたくない。でも貴方《あなた》はもう、変わっている。自覚がないとは言わせない」

相変わらず、私は何も言えなかった。飲み物を飲む隙《すき》すら、私にはないと思っていた。

否定できない――だったらそれがもう、答えなのだろうか。

「少しでも信用した私が馬鹿だった」

今日、狭山《さやま》さんのことをちょっと人間らしいって感じた。いい人なんだって感じた。

その感覚は変わらないままで、私は狭山《さやま》さんが発した言葉を受け止める。だからこそ、胸が痛かった。痛かったけれど、それは自分の責任だってわかっていた。

「――絶対に許さない。絶対に返してもらう」

狭山《さやま》さんは私に向かって、そう言った。

「……知らない」

私が言える精一杯《せいいっぱい》の一言が、これだった。

お財布《さいふ》からお金を取り出して、テーブルの上に置いた。狭山《さやま》さんはそれを突《つ》き返《かえ》すことをしなかった。

何を意味するか、お互《たが》いにわかっているはずだ。

私はそれ以上何も言わずに、お店を出た。

六月も後半で一番日の長い時期、十七時を過ぎても外はまだ明るかった。蒸《む》し暑《あつ》い風がまとわりついてきて、鬱陶《うっとう》しい。

（…………もう、戻《もど》れない）

私は早足で、家に向かう道を歩き始めた。

帰り道、私は立ち止まる度にスマホを見ていた。

狭山《さやま》さんのことを調べていた。結論、狭山《さやま》さんは狭山《さやま》レイラという名義で活動しているようだった。正直、私の予想を遥《はる》かに超《こ》えて人気がある。たぶんアニメとかが好きな人ならほとんどが名前を聞いたことがあるんじゃないかと思う。

本人はそういうところをひけらかさなかったけれど、学業と仕事を両立していて、努力家だっていうことがよくわかった。

そんな狭山《さやま》さんにとってのつかさの存在の重さ——そこまでは、今日聞くことはできなかった。けれども間違《まちが》いなく、狭山《さやま》さんにとってつかさは大切な人。

だからこそ、胸が痛い。

私は自己否定しかできない。それをやめたら、だって——。

「……ユキ？」

「つかさ！」

マンションの前まで歩いてきた時、座り込んでいるつかさの姿が目に入った。

なんでマンションの前に……と言いかけたところで、私はその理由に思い至る。

「……………鍵《かぎ》」

「ごめん！」

不満げな表情を浮《う》かべるつかさに、私は思いきり頭を下げた。

遅《おく》れると一方的に連絡《れんらく》をしてしまったけれど、合鍵《あいかぎ》は作っていないので先に鍵《かぎ》を渡《わた》しておかなくてはいけなかった。

「いいよ、待つの慣れてるから。それより――」

「狭山《さやま》さんと話してた」

「そっか、玲羅《れいら》と」

「驚《おどろ》いたりしないんだね」

「そろそろかなって、ちょっと思ってた。もうユキの家に来てから一ヶ月くらい経《た》つから」

「とりあえず、中入ろっか」

「うん……えっ……？」

私は何も言わず、座り込んでいるつかさの手を握《にぎ》って、立つのを促《うなが》した。

つかさが立ち上がったらすぐに手を離《はな》したけれど、思えば、私から手を握《にぎ》ったのはこれが初めてかもしれない。

どうしてそんなことをしたのか、考えれば考えるほど気持ち悪くなるので、思考は停止することにした。

お互《たが》い無言で部屋に戻《もど》ってきて、何も言わないまま手を洗ってうがいをする。エアコンがきくまでの間は部屋が蒸《む》し暑《あつ》くて、話をする気にはならなかった。

けれども私たちは自然と、ソファに並んで座る。

部屋に涼《すず》しさを感じるくらいになってから、私はさっきと同じことから切り出した。

「狭山《さやま》さんと、話してきた」

並んで座っているから、顔を見なくて済んだ。私はそのまま自分の話を続けることにした。

「つかさが狭山《さやま》さんの家で暮らすことになった経緯《けいい》とか、つかさと狭山《さやま》さんが距離《きょり》を置くって決めた時の話とか……つかさのお母さんの話とか。色々、聞いちゃった。狭山《さやま》さんがこの後どうしたいかも聞いちゃったけど、それは、つかさが直接話してほしい」

「うん」

「それでね、ここからがつかさと私の話。狭山《さやま》さんの話を聞いてちょっと思った。つかさは逃《とう》避《ひ》先として、狭山《さやま》さんの家を選んだのかもしれないって。それ自体は別に、否定しない。次の逃避《とうひ》先として、ひとり暮らしで都合のいいうちを選んだかもっていうのも……うん、わかることだと思う」

私は迷いながら、思ったことをそのまま言葉にした。それしかできなかった。

つかさは私の言葉を否定しなかった。この場合、沈黙《ちんもく》はひとつの答えだ。

「もしそうだとして……ごめん、嫌《いや》な言い方するけど、それは便利な屋根がある宿泊《しゅくはく》先を手に入れたっていう以上の意味があるってことだと思う。でもさっき言った通り、ここまではわかるし、いい。全然いいと思う。おっけー。だって私がひとり暮らしをしたいってワガママを言ったのと同じだから」

私は自分が必死になっていることに気づいた。つかさを否定したいわけじゃない。話していて、私だってつかさと同じだってことに気づいたから。

けれど言わなくてはいけない。言わずにはいられない。この先の言葉を。

「私、つかさの気持ちがわからない」

再び、つかさは沈黙《ちんもく》で答える。

私は胸が締《し》め付けられるのを堪《こら》えて、次の言葉を紡《つむ》ぐ心の準備をしていた。小さく深呼吸をしてから軽く息を吸って、ようやく喋《しゃべ》り出す。

「つかさはさ、狭山《さやま》さんと別れる気はないの？」

「なんでそんなこと聞くの？」

質問に質問で返ってきて、私は怯《ひる》んでしまった。

答えはわからない——わかったらダメだから、わからないようにしているんだ。

「質問に、答えてよ」

ソファの座面を思わず握《にぎ》る。

エアコンの風を浴びているせいか、冷たく感じる。

「玲羅《れいら》と別れるとかそういうのは、ない」

つかさの口からは、わかっていた答えが告げられた。

気道がぎゅっと狭《せま》くなって、酸素が足りなくなるような錯覚《さっかく》があって、息が苦しくなる。

「じゃあなんで、ああいうことするの？」

「………」

「つかさは私の手を繋《つな》いできたり、添《そ》い寝《ね》してきたり、くっついてきたり……キスしようとしたり、してる。でも狭山《さやま》さんと別れる気はない……どころか、狭山《さやま》さんの前でもそれをして、ドキドキしたって言ってた」

私は大きく息を吸ってから、呼吸を整える。

「私が香織《かおり》さんとのことを話した時にぎゅっとしてもらって、優《やさ》しいなって安心した。でも弓《ゆみ》莉《り》の前でぎゅっとされた時は……怖《こわ》かったよ」

私は、ソファを握《にぎ》る手に力を込める。

「今だって……怖《こわ》いよ。つかさが何を考えてるのかわからなくて、怖《こわ》い」

「……ごめんね」

「えっ……？」

「ユキに怖《こわ》いって思わせたなら、謝る。それは、わたしの本意じゃないから」

「うん……それはいい、んだけど。私は理由とか、そういうのが知りたくって」

「理由は、言った通り。ユキが辛《つら》そうな顔してる時、わかるようになってきて。それを少しでもほぐせるなら嬉《うれ》しいって思った。それをすると、わたしはドキドキする……今だってそう」

つかさはソファを摑《つか》んでいる私の手を握《にぎ》った。

こんな時に何を、と思ったけれど、力が抜《ぬ》けている自分に気づかされた。ソファにしばらく跡《あと》が残って自分の手が痛くなるほどに、強く握《にぎ》っていたことを気づかされた。

きっと表情だって強張《こわば》っていたんだろう——つかさに手を握《にぎ》られるまでは。

「でも、なんでそうなるのかの理由はわからない。わからないけど……玲羅《れいら》といた時とはちょっと違《ちが》う感覚」

胸の息苦しさはもうほとんどなかった。

代わりに、もっと胸が痛かった。

私だってわからない感情はたくさんある。でももし、そこに仮説を立てるなら——あるいは私が見ないフリをしているものと同じだったら——。

「ユキが嫌《いや》ならやめる。わたしはユキの嫌《いや》なこと、したくない」

つかさは私の方へ向き直って、はっきりした口調で言った。

私の手を握《にぎ》る手の力が、強くなっていた。

全部ホントなんだって思う。つかさの言葉に嘘《うそ》はなくて、思ったことをちゃんと私に全部話してくれているんだろうって思った。

だからこそ、だからこそ。

「嫌《いや》じゃ……ないよ。私は全然、嫌《いや》じゃない」

私だって本音で答えるしかなかった。

取《と》り繕《つくろ》うのは、その後の言葉だった。

「つかさはもしかしたら、私をからかって楽しんでるんじゃないかな。ほら、自分で言うのも変だけど、狭山《さやま》さんより私の方がいじられキャラって感じするし！」

すごく白々しかったと思う。

自分が自分を見れば、嘘《うそ》をついているって秒でバレバレだ。

けれどもつかさは、真剣《しんけん》に答えてくれた。

「そう……なのかな。違《ちが》うかもしれない。そういうのじゃなくて、もっと……」

「からかってるってことにして」

だから私の次の言葉は、すごく切実だったと思う。

自分でもびっくりするくらい、重い言葉になった。

その意味をつかさはきっと、まだ、わからない。わかってしまったら、私が困る。

ああ、知らない、知らない。

自分の気持ちなんて、何もわからない。

「あ、そうそう。校内模試の結果、ばっちりだったよ！　赤点はゼロ。つかさのおかげだね！　順位は……真ん中よりちょっと下で高くはないけど……」

「そっか。良かった」

「お祝いってことで……アイスあったよね。食べよ？」

私はつかさの返事を待たずに、立ち上がる。つかさが握《にぎ》った手がほどけて、どこか名残惜《なごりお》しかった。

冷凍庫《れいとうこ》から、ちょっとお高いカップのアイスを取り出した。

ふたつのアイスを持って、ソファに戻《もど》る。沈《しず》み込むソファに体が傾《かたむ》いて、肩《かた》同士が密着する。

私はチョコにして、つかさにはクッキー&クリームのアイスを渡《わた》す。

「はい、どうぞ」

「え……うん、ありがと」

アイスを受け取ったつかさが戸惑《とまど》っているのは、いきなり渡《わた》されたからって理由だけじゃないのはわかっていた。

「ほら、あーん。チョコのも美味《おい》しいよ」

私は自分のアイスから一口すくって、つかさの口元に差し出した。

「ちょ、ちょっと……ん」

つかさは珍《めずら》しく眉尻《まゆじり》を下げて困ったような表情を浮《う》かべながらも、私のスプーンからぱくっとアイスを食べた。

「ふふ、ほら、やっぱり」

「どうしたの？」

「からかうのって、楽しいから。あー、やっぱりつかさは私のことをからかってたんだよね。うん、わかった」

私は酷《ひど》い棒読みだったと思う。

なぜか涙《なみだ》がこぼれそうにもなっていた。

けれど、どうにか次の言葉を口にすることができた。

「……これでもう怖《こわ》くないよ」

「よくわからない。けどユキが嫌《いや》じゃないなら、それでいい」

つかさは渋々納得《しぶしぶなっとく》したようだった。

私が無理矢理に結論を出した意味を、やっぱり理解はしていないようだった。

それでいいと思っていた。

そうじゃないとダメだと思っていた。

だってもし自覚してしまったら、それは――。

(大丈夫《だいじょうぶ》。私たちの関係は浮気《うわき》とかそういうのじゃ、絶対ない。つかさが私をからかってくるから、照れちゃうだけなんだ)

私は自分に言い聞かせた。

だってそうしないと、もし自分の気持ちに名前を付けたらきっと――この関係は終わりにしなくちゃいけなくなるから。

自分で自分のことが、許せなくなっちゃうから。

7　透明《とうめい》に戻《もど》れたらいいのに

狭山《さやま》さんと喫茶店《きっさてん》で話して、そしてつかさとの関係に強引《ごういん》な形で結論を出した日の翌日。

火曜日の今日で、期末試験まで一週間を切ったことになる。

「うー、校内模試から期末まで時間なさ過ぎ」

「うん。でも校内模試の結果からいけば、期末だって点数取れると思う」

つかさは私のこぼした愚痴《ぐち》にそう答えた。つかさのことだから励《はげ》ましではなく本心を言ってくれていると思うのだけれど——。

「確かに」

「英語・国語・数学の三科目はね……それ以外がやばい」

「ちょっとは安心させてよぅ……」

何気ない会話は、少し安心する。

つかさとの関係は停滞《ていたい》させなくてはいけないと、そう思っていたからだ。

夏休みになったら事情が変わるから泊《と》まるのは一旦《いったん》そのくらいまでとつかさは言っていた。

二ヶ月間はずいぶん長いと思ったけれど、一ヶ月が経過した今、そうは思わなかった。期末試験もあるから、夏休みまであっという間だろう。

けれども夏休みになったら、つかさはどうするのだろう。

狭山《さやま》さんから聞いた話から推測するなら、お母さんのところに戻《もど》るということなのだろうか。狭山《さやま》さんと距離《きょり》を置くことにした、というところから事態が全く進展していないのは、狭山《さやま》さんの話から明らかだった。

その辺りの話も、そろそろしなくてはいけないと、そう思っていた。期末試験が終わってから夏休みまでは、補習期間や終業式があるから、一週間以上も時間の猶予《ゆうよ》が残されているのだ。

とはいえこの関係も、つかさがうちを出ることになれば、終わりになるだろう。

その方がいい、絶対に。

狭山《さやま》さんの家に戻《もど》るのでも、お母さんの下に戻《もど》るのでも、いずれの場合でも、私とは離《はな》れることになる。

そうすれば徐々《じょじょ》に元通りになるはずだ。

変わってしまったと思ったものも、きっと元通り。

(私は、つかさとどうなりたい？)

こんなこと考えてしまうだけで、もうおしまいだってわかってるけど。

でも、それでも。

「うん、勉強しなきゃね！」

「ふふ、その意気だね」

変わらない調子で微笑《ほほえ》むつかさを見て、不思議と心が落ち着くのだった。


期末試験に向けて勉強をしていると、時間の進みが速い。

私の赤点回避《かいひ》という目的のため、私たちはとにかく苦手な暗記系の科目を中心に進めていた。感触《かんしょく》としては悪くないんじゃないかなって思う。

つかさとの関係がどんなものだって「一緒《いっしょ》に勉強をする」という軸《じく》は全くぶれていない。勉強をする習慣が身についたことは、素直《すなお》に誇《ほこ》っていいことなんじゃないかな。もしかしたら、多くの人にとって当たり前のことかもしれないけれど。

そして、今日は土曜日。

いつものように学校に来て、いつものように弓莉《ゆみり》とご飯を食べていた。

「ねぇユキ、見てぇ。うち、ちょっと日焼けしちゃったくない？」

「え、あー、ちょっとしてるかも」

弓莉《ゆみり》はブラウスの袖《そで》をまくって、肌《はだ》を見せてきた。確かに二《に》の腕《うで》はあまり日焼けしていないから、色が違《ちが》って見える。

「日焼け止め塗《ぬ》ったんだけどなぁ。テンション下がる」

「外で練習したり走ったりしてたら、仕方ないんじゃない？　それに、健康的な感じして良《い》いと思うけど」

「え、良《い》いかなぁ？」

弓莉《ゆみり》が嬉《うれ》しそうな顔をすると、胸がちくりと痛い。

それを悟《さと》られないように、私は続ける。

「うん。弓莉《ゆみり》って自称《じしょう》清楚系《せいそ》だけど、元気系の服とか似合いそうだし」

「いや確かに自称《じしょう》だけどぉ……でもユキが言うなら、今度、あえて日焼け活《い》かす感じの服買ってみようかな」

「いいんじゃないかな。やっぱ自称《じしょう》でも清楚《せいそ》系は無理あるなーって……」

「そ、そこまで言うなしぃ」

弓莉《ゆみり》とは、今までみたいになんてことない会話を続けていた。

あんなことがあったのに、お弁当を一緒《いっしょ》に食べる時間はなくなっていなかった。

弓莉《ゆみり》は大事な友達だからこそ、この時間を失わなかったことは、嬉《うれ》しい。

一方で弓莉《ゆみり》はつかさとの話に触《ふ》れることはない。弓莉《ゆみり》から私は気を遣《つか》わないでつかさの話をしていいと言われたけれど、結局、自分からは話題に出してはいなかった。

だから、決して今まで通りなんかじゃなくて。

「ユキは逆に、全然日焼けしないよね」

「私、赤くなっちゃうタイプだから。弓莉《ゆみり》みたいにいい感じになるの、ちょっと羨《うらや》ましい」

「なるほどぉ。その視点はなかったなぁ」

だからこそ、自分たちが軽薄《けいはく》な会話しかできていないことにずっと違和感《いわかん》があった。

弓莉《ゆみり》とのこの奥歯《おくば》に物が挟《はさ》まったような会話ももどかしい関係も、期末試験が終わったら動き出すのかもしれない。

私はなんとなく、そう思っていた。

「じゃ、週明けの期末ガンバローねぇ」

「うん、弓莉《ゆみり》も。今回は点数、勝っちゃうかも」

「ぬ、言うねぇ。負けない……絶対負けないよ」

弓莉《ゆみり》はそう言い残して、教室を去って行った。

別《わか》れ際《ぎわ》の言葉に込《こ》められた圧の強さがちょっと気になっていたけれど、私は気にしないようにすることに決めた。


弓莉《ゆみり》を見送ってから、私は持って帰る荷物の整理をして、教室を出た。

最近は置き勉も減らしているので、ちょっと荷物が重い。

「ん……？」

いつも通りにつかさと一緒《いっしょ》に帰るために玄関《げんかん》へと向かっている途中《とちゅう》で、私はきょろきょろとしている人を見かけた。

サングラスをして帽子《ぼうし》をかぶっているから顔は見えないけれど、背が小さいのと体型からしてたぶん女性。いかにも不審《ふしん》者っぽい格好だけれど、いかにも過ぎてたぶん違《ちが》う。挙動不審《ふしん》って意味ではそうだけど。

校内で見た覚えはないし、何かを探している様子から、保護者か来客だろう。保護者にしてはちょっと若そうな雰囲気《ふんいき》はするけれど、素通《すどお》りするのもはばかられて、私は声をかけていた。

「あの……何か探してますか？」

「あーん、やっと声かけてくれる人がいたぁ。うん、そうなの～。娘《むすめ》を探しに来ててね」

最初の印象は何より、声が可愛《かわい》い、だった。

いわゆるアニメ声で目立つ声なんだけれど、悪目立ちじゃないし違和《いわ》感《かん》がないというか、すごく自然。

私よりも年上なのは間違《まちが》いないと思うんだけど、その声だけは異次元というか、時間という概念《がいねん》からはみ出しているような気もしていた。

それに、どこかで聞いたことがあるような気もする。

「えっと、何年ですか？」

「一年生だよ」

「あ、私もなんです。名前教えてもらえれば、わかるかもしれません」

「ホントぉ？　えっとねぇ――」

言いかけた女性の声を、今度は聞き慣れた声が遮《さえぎ》った。

「翼《つばさ》さっ――……恵美《えみ》さん」

その声は、狭山《さやま》さんのものだった。

狭山《さやま》さんの顔を見たからか、女性はサングラスを外していた。身長も年齢《ねんれい》も違《ちが》うけれど、その瞳《ひとみ》にはとても見覚えがあった。

「あら～、玲《れい》ちゃん。お久しぶり～」

「おはようございま――……お久しぶりです」

すごくフランクな女性に対して、狭山《さやま》さんはどこか緊張《きんちょう》している様子でもあった。

ふたりのやり取りで、私は女性が誰《だれ》なのか大体わかった。そしてその後の会話で、さらに確信することになる。

「玲《れい》ちゃんの家に行ったんだけど、つかさがいなかったの」

この人はつかさのお母さんだ。顔から感じる印象は、つかさと瓜二《うりふた》つだった。だからこそ、声とのギャップをすごく感じていた。

狭山《さやま》さんが言いかけた翼《つばさ》という名前は、同業者と言っていたし、芸名なのだろうか。

「つかさから、連絡《れんらく》は入っていませんでしたか？　それに、うちの両親からも連絡《れんらく》をしていたような……」

「んー、どうだろう？　あの子のこと、普段《ふだん》から気にしてないし」

恵美《えみ》さんと呼ばれた女性は、さも当たり前かのようにそう言った。

どういう意図なのかわからないけれど、なぜだか、背筋がぞくりと冷えた。

「つかさは……ちょっと色々あって、そこの拝島雪《はいじまゆき》さんの家に居候《いそうろう》してます」

「あー、そういえば連絡《れんらく》来てたかもぉ。偶然《ぐうぜん》、わたしに声かけてくれた君だ！」

「はい……碧海《あおみ》さん……つかさはいま、うちに泊《と》まっています」

「ふぅん。まあ玲《れい》ちゃんが言うなら大丈夫《だいじょうぶ》かぁ」

それだけ、と私は驚《おどろ》いていた。

私とは初対面で娘《むすめ》が泊《と》まっているっていうのに、全くそのことを気にしていないようにしか見えなかった。

「だから玲《れい》ちゃんの家には誰《だれ》もいなかったんだねぇ」

「いや、それは今日、うちの両親も出かけてるからだと思います」

「なるほど～。土曜日は午前中に授業があったなーって思ったから学校に来ちゃったんだけど、会えて良かったぁ」

なんだか、リズムが全然わからない人だった。

喋《しゃべ》っていることはわかるし、言葉もハキハキしていて聞きやすいのだけれど、どういう考えで話しているのかが全く見えなかった。

コミュニケーションは成立しているはずなのにどこか噛《か》み合《あ》っていない……正直、私はそういう印象を受けていた。

「あの、それで何か用事があるから来たんですよね？」

「そうそう。わたし、夏休みに帰るって伝えたでしょう？　あ、今は一時帰国だからすぐ向こうに戻《もど》っちゃうんだけど……えっとね、あの子は家に戻《もど》ってくるの？」

なんで狭山《さやま》さんに聞いているんだろうって思った。

別に直接会わなくても連絡《れんらく》くらいできるのに。

「横からすみません。つかさに直接聞かないんですか？　そのために来たんじゃ……」

「えー。だってぇ、あの子前にわたしの連絡《れんらく》無視したから〜。玲《れい》ちゃんに教えてもらえるなら、それで十分だよぉ」

「でも――」

「………拝島《はいじま》さん、ちょっと黙《だま》ってて」

異様な緊張《きんちょう》感が、ずっと廊下《ろうか》を流れていた。

つかさのお母さんがつかさについて語る時の声からは、他のことを喋《しゃべ》っている時と全く違《ちが》う雰囲気《ふんいき》を感じていた。

朗《ほが》らかでハキハキした聞きやすいトーンは変わらないのに、言葉からは全く感情を感じなかった。自然とそうなっているなら怖《こわ》いし、意図的であればもっと怖《こわ》かった。

「……お母さん……」

沈黙《ちんもく》を破ったのは、足音とともに聞こえてきたつかさの声。聞き慣れているはずなのに、初めて聞くと思うほどに冷めていた。

「……つかさ」

つかさの名前を呼んだのはお母さんではなく、狭山《さやま》さんだった。そしてほとんど同じタイミングで、私も名前を呼んでいた。

つかさのお母さんとつかさは、廊下《ろうか》でしばらくの間向かい合っていた。正確には、つかさはお母さんの方を見ていたけれど、お母さんはずっとスマホを見ていた。

階段の方に立っているつかさには、ずっと影《かげ》がかかっていた。

やがて雲が動いてふたりとも影《かげ》の中に隠《かく》れた頃《ころ》に、つかさのお母さんが「じゃあ」と口を開いた。

「玲《れい》ちゃん、さっきの、わかったら教えてね～」

とだけ言い残して、つかさのお母さんはつかさがいるのとは反対側の階段を下りていく。

私たち三人はその場に立《た》ち尽《つ》くして、足音が遠ざかっていくのを聞いていた。

「ねぇ、つかさ……」

足音が完全に聞こえなくなってから、最初に口を開いたのは狭山《さやま》さんだった。

「ユキ、行こ」

けれどもつかさは狭山《さやま》さんに答えることなく、私の手首を掴《つか》んだ。手を繋《つな》ぐ時のように優《やさ》しい力じゃなくて、私の体を引っ張るための、強引《ごういん》さを感じた。

狭山《さやま》さんは何も言わずに、私たちが去って行くのをずっと眺《なが》めているようだった。

廊下《ろうか》から階段を下りて、玄関《げんかん》へ向かう。

外は雨が降っていた。

予報を見ていなかったので、ふたりとも傘《かさ》を持っていなかった。

けれどもつかさは止まらずに、雨の中を歩いて行った。

「ちょ、濡《ぬ》れるって」

追いかけようとした私に「これ」と誰《だれ》かが声をかけた。

小走りで追いついてきた狭山《さやま》さんが、私に傘《かさ》を渡《わた》してくれた。英字新聞みたいなお洒落《しゃれ》だけど謎《なぞ》な模様の傘《かさ》だった。

私は「ありがとう」と伝えて、傘《かさ》を閉じたままつかさの下に走る。

「今のつかさに、私がかける言葉はないから」

狭山《さやま》さんの寂《さび》しそうな声は、背中で聞いた。

私がつかさに追いつくと、つかさは歩く速さを少し落とした。

「……つかさ！」

「……危ない」

私がつかさに開いた傘《かさ》を差し出すと、身長が足りなくて側頭部に当たりそうになった。つかさが傘《かさ》の持ち手を受け取ると、安定した高さになった。

ふたりで傘《かさ》に入って、家までの道のりを歩き始めた。

「わかったでしょ。お母さん、わたしに興味ないんだ」

雨音にかき消されてしまいそうなか細い声で、つかさはそう言った。

「わたしのお母さん、結構有名人。後で、碧海《あおみ》翼《つばさ》って調べたら、色々わかると思う」

「……うん」

「お母さん、昔から仕事、忙《いそが》しくて。お父さんとも色々あって。芸能人だから、結婚《けっこん》とか子供がいるってこととか自体も、色々あって」

つかさは過去のことを省略して、話を進めた。

私も今知りたいのはつかさの生《お》い立《た》ちじゃなくて、つかさとお母さんとの関係だったから、掘《ほ》り下《さ》げることはしなかった。

「昔はもうちょっとわたしに興味あった。わたし、小さい頃《ころ》に劇団入ってて、子役みたいなことちょっとやってたんだ。玲羅《れいら》とはその時からの知り合い。それで、アニメのオーディションに参加したことがあった。それで、役が取れちゃった」

傘《かさ》でできた影《かげ》のせいで、つかさがどんな表情をしているかは見えなかった。

少しずつ増す声の震《ふる》えも、雨の道を歩く足音がかき消していった。

「たぶんお母さんのコネ。でもわたしは自分なりに頑張《がんば》って……結果、お母さんを失望させた。アニマルメイドダンサーズってアニメ」

「あ、それって……」

前につかさとこのアニメの主人公を担当した声優が下手だっていう話をした。

結果が出ないなら頑張《がんば》っても意味がないと、つかさがどこか寂《さび》しそうな声で語っていた記憶《きおく》が蘇《よみがえ》る。

「つかさが、出てたんだ」

子供の頃《ころ》に観《み》ていたアニメの声優さんが目の前にいる。

その事実は驚《おどろ》くべきことだし、わーきゃー騒《さわ》ぎたくなってしまうはずなのに、今はそういう気持ちにはならなかった。

目の前のつかさが、あまりに寂《さび》しそうだったから。

「実は、お母さんもすごく期待していたみたい。お母さんはすごく才能も実力もあって、受けた期待を何倍にもして返す人で、その娘《むすめ》のわたしはもっと才能があるって思い込んでたみたいで──現実は全然、そんなことなくて」

「つかさ、その時初めてだったんじゃないの？　声優さんって才能だけじゃなくて、努力も必要なんだよね？　なのに、その一役で……？」

「そうだよ。でも、わたしが期待に応えられなかったから。あの時以来、お母さんはわたしに期待するのをやめた。興味がなくなった……それだけ」

つかさへの興味がなくなった。つかさの母親の印象は確かに、その言葉に集約されている気がした。

「お母さんはわたしを劇団から抜《ぬ》けさせて、芸能界から遠ざけた。お父さんはその時とっくに一緒《いっしょ》に住んでいなくて、お母さんもほとんど家にいなかったから、独りで過ごすことが多くなった。お母さんは、あらゆることでわたしに興味をなくしたから」

私からすれば、信じられないような話だった。

けれどもつかさにとってはそれは紛《まぎ》れもない現実。嫌《いや》というほど、その事実がひしひしと伝わってくる。

「……玲羅《れいら》がわたしの彼女になったのは、その頃《ころ》。孤独《こどく》なわたしを、玲羅《れいら》は引き上げてくれた。付き合うとか彼女とか恋人《こいびと》とか、そういうことはわたしにはよくわからないけど――一緒《いっしょ》に過ごして落ち着く居場所だった」

つかさの話は少しずつ、狭山《さやま》さんから聞いた話と繋《つな》がってくる。

「距離《きょり》を置くって決めた日。お母さんがしばらく海外に行くって話も、夏休みに戻《もど》ってくるって連絡《れんらく》も、まずは玲羅《れいら》にしてた。昔からお母さんはわたしよりも玲羅《れいら》を評価していた――玲羅《れいら》は本物で、才能があったから。今だってそう。共演だってしてる。玲羅《れいら》がわたしに『お母さんのところへ帰った方がいい』って言ったの、ユキは聞いたんだよね？」

「……うん」

「玲羅《れいら》はわたしのことを本気で心配してくれてる……想《おも》ってくれてる。それはわかってる。でもやっぱり、わたしはお母さんとは向き合えない」

「つかさは、夏休みになったらどうするつもりだったの？」

「玲羅《れいら》の家には戻《もど》れないし……ユキの家にも戻《もど》れないなら、うちに戻《もど》るしかないと思ってた——今日、お母さんと会うまでは、できると思ってた」

つかさが言い終えたところで、私たちはマンションの入り口に到着《とうちゃく》した。

傘《かさ》を閉じて水気を切ってから、私がオートロックを開ける。

エレベーターを待つ僅《わず》かの時間さえ落ち着かなくて、私たちは階段で三階へと上る。

狭山《さやま》さんから預かった傘《かさ》を見ながら、私は考えていた。もはや私の気持ちが一ヶ月前と変わってきていること、前提が変わってしまっていることを、狭山《さやま》さんは気づいている。にもかかわらず、狭山《さやま》さんがしたことは、つかさの下に私を行かせようと背中を押したに等しかった。

つかさは狭山《さやま》さんが、つかさのことを本気で想《おも》ってくれてると言っていた。きっと、それが答えなのだろう。

つかさの話を聞いてよくわかった。

どうあっても、狭山《さやま》さんはつかさのお母さんとの繋《つな》がりがある。きっとつかさの知らない関係が、仕事やプライベートにおいて、存在している。

そんな狭山《さやま》さんでは、つかさの傷が癒《い》やせない。

そう、傷ついているんだ。つかさは、とても。

当たり前のことがようやく言語化できた。

階段を上りきって部屋まで向かうまでの僅《わず》かな距離《きょり》、私はつかさと手を繋《つな》いで歩いた。

家のドアを開けて、狭山《さやま》さんから渡《わた》された英字新聞みたいな模様の傘《かさ》を傘《かさ》立てに入れてから、私たちは手を洗う。

「ちょっと、コーヒー淹《い》れよっか……インスタントだけど」

私はお湯を沸《わ》かして、インスタントコーヒーの粉をカップに入れる。お湯が沸《わ》くまでの間も、ふたりとも何も喋《しゃべ》らなかった。

正確には重要なことは何も話さなかったというだけで、私は「コーヒーメーカー欲しいなぁ」とか「豆で買って家で挽《ひ》く方が美味《おい》しいらしいんだよね」とか、日常の些細《ささい》なことを話していたし、つかさも相槌《あいづち》を打っていた。

「はい、お待たせ」

「……ありがと」

私はインスタントコーヒーにお砂糖と牛乳をたっぷり入れて、かき混ぜる。

つかさはいつも通り、ブラックのままで飲んでいた。

「こんなこと言うのもおこがましいんだけど……私はつかさの気持ち、ちょっとわかるなって思ったよ。前に話した通り、私は香織《かおり》さんと向き合えてない。今すぐひとり暮らしを終わりにしろって言われてもたぶん、向き合えない」

「うん」

「ちょっとは成績上がったかもしれないけど、それくらい。私、大事なことは何も変わってないから」

「そっか」

「まあ、だからってわけじゃないんだけど。つかさと生活するのも慣れてきたし、夏休みになってもうちにいてもいいんじゃない？」

「えっ……」

驚《おどろ》いた声を出すつかさに向けて、私は続けた。

「まあ期末で赤点取ったら全部パァだから、頑張《がんば》らなきゃいけないけど……つかさが勉強を教えてくれるなら、大丈夫《だいじょうぶ》だって気がするし」

「それは、そうかも。最初は正直絶望的だったけど、今はそこまでじゃない」

「そこまでじゃないって言い方がちょっと引っかかるな」

私はカフェオレに口をつける。雨道を歩いて体力を奪《うば》われた体に、糖分が染《し》みる感じがする。

自分の発言がずるいものだって、よくわかる。

狭山《さやま》さんはつかさに帰ってきてほしいって言っていた。

私は狭山《さやま》さんにつかさと直接話してほしいって伝えたけれど――つかさがそのことを知ったらどう思うだろうか。

狭山《さやま》さんのところに戻《もど》るって決断をするかもしれない。お母さんと繫《つな》がりのある狭山《さやま》さんとは色々考えるところがあるかもしれないけれど、少なくとも、どうすべきか考えはするだろう。

そのきっかけを――隠《かく》して、私はつかさを自分の下に留《とど》めようとしている。

なんで？

「あ、さっき言った通り、一番の目的は勉強だからね！　つかさに教えてもらって結果が出てるから、その延長！」

私は自分の心の声に無理矢理返事をしていたから、大きな声になっていた。

「何度も言ってるけど、浮気《うわき》とかそういうのは絶対ダメだから！　そういうのじゃなくて、悩《なや》んでる友達にちょっと手を差《さ》し伸《の》べたって、それだけ」

「友達……？」

「…………」

つかさから問われて、私は黙《だま》ってしまった。

なんでつかさは聞き返してきたのだろう。そのまま頷《うなず》いてくれれば、こんなことを思う必要ないのに。

友達以上であると定義したいから、聞き返したのだとしたら——そんなこと絶対にありえない、あっちゃいけないけど——私は嬉《うれ》しいと思ってしまう。

「とにかく、そういうことだから。期末試験が終わって、夏休みになったらどうするかとか、あんまり深刻に考えなくていいんじゃない？　香織《かおり》さんと向き合いたくなくて必死な私の、一意見」

「……ふふ、何それ」

「つかさ、ようやくちょっと笑ってくれたね。笑顔《えがお》、可愛《かわい》い」

「………ん？」

「ああっ、つい本音が……え、えとじゃあ、ご飯の準備しよっか！　ちょっと早いけど、ご飯食べて気分転換《てんかん》してから、勉強しよ！」

「いいけど……ユキの態度、ちょっと変……ふふ」

ロボットみたいな動きになっていた私を見てか、つかさはまた微笑《ほほえ》んでくれた。

完全に気が緩《ゆる》んでたと思う。

だって本当に、つかさの笑顔《えがお》が可愛《かわい》いって思っちゃったから。

顔がいいからとかそういうのじゃなくて、碧海《あおみ》つかさに対してもっと原初的な感情があるからこその、そういう感想だ。

私は山盛りの焼きそばとお味噌汁《みそしる》を作って、つかさと一緒《いっしょ》に食べた。

「……美味《おい》しい」

つかさの感想は今日もシンプルな一言だけだけど、自分の作ったご飯をそう言って食べてくれる人がいて、時間を共有していることがとても、幸せなことだなって思っていた。

ご飯を食べた後、今日も二時間くらい勉強をすることができた。夕飯の後でとても眠《ねむ》くなったけれど、さっきコーヒーを飲んだおかげか、なんとか乗り切ることができた。

私が先にシャワーを浴びて髪《かみ》を乾《かわ》かしていると、つかさがシャワーを終えて上がってきた。濡《ぬ》れた髪《かみ》をタオルで巻いているつかさを見て、ふと思う。

「つかさの髪《かみ》って、長いよね」

「え、うん」

「乾《かわ》かしてみてもいい？」

「いいけど」

水気を取ってタオルを外すと、つやつやとした髪《かみ》が光を反射していて、綺麗《きれい》だった。ソファに座ってもらって、つかさの背中側からドライヤーを当ててみる。腰《こし》くらいまである髪《かみ》は、いつも乾《かわ》くまで二十分以上はかかっている気がする。

長い髪《かみ》はつかさのトレードマークのひとつだと思う。しっとりとした髪《かみ》をかき上げると、時折水滴《すいてき》が頰《ほお》に撥《は》ねて、なんだかくすぐったい。

「つかさは、いつから伸《の》ばしてるの？」

「子供の時から、ずっと。女の子は長い髪《かみ》の方が可愛《かわい》いって、お母さんが言ってたから」

私は背中側から髪《かみ》を乾《かわ》かしているから、つかさがどんな表情をしているのかは見えなかった。

だからこそ、つかさもお母さんのことを話すことができたのだろう。ドライヤーのモーター音という適度なノイズも、昔のことを話すのにちょうど良かったのかもしれない。

「わたしのお財布《さいふ》も、ユキは見たよね。あれも、お母さんからもらった。アニマルメイドダンサーズの役が決まった時。ホントは見たくもないんだけど、でも、使わなくなったり捨てたりしたら、大事なものも失《な》くしちゃう気がして」

「そうなんだ。大事にしたいって思うなら、その気持ちも大事にするのがいいと思う」

つかさが何を言いたいのか、何となく察することができた。

その頃《ころ》はお母さんと仲が良かったし、今もその時の思い出は大切にしている。あるいは過去への執着《しゅうちゃく》というのかもしれないけれど、私には執着《しゅうちゃく》する両親との思い出もない。それがつかさにあるなら、執着《しゅうちゃく》を持っても別にいいだろう。

「そういえば、櫻桐《おうとう》に入る前のユキのこと、聞いたことなかった」

髪《かみ》はまだしばらく乾《かわ》きそうになかった。

つかさが私に対して興味を持っているような発言をするのは、珍《めずら》しいと思った。私が家に居辛《づら》いからひとり暮らしをしたいと話した時、それ以来かもしれない。

「櫻桐《おうとう》に入る前って、中学時代だよね。別に、普通《ふつう》に公立だよ」

「ってことは、共学？」

「うん、そうだね」

「ユキは……誰《だれ》かと付き合ったこと、あるの？」

「ゴホッ……ゴホッ……熱っ！」

思わず咳《せ》き込んだ時、ドライヤーの噴射口《ふんしゃ》が手のひらに当たった。

私は呼吸を整えながら、再びつかさの髪《かみ》にドライヤーの風が当たるように持ち直す。

「どうしたの？」

「いや、つかさから聞かれるのが意外だったから」

「そうかな。例えば……久留米《くるめ》さんは？」

「なっ――」

つかさに訊《き》かれて、私は体がビクッとした。一瞬《いっしゅん》止まってから、答える。

「なんでそこで弓莉《ゆみり》の名前が出るの……全然、そんなことないよ。弓莉《ゆみり》は中学の時、塾《じゅく》が一緒《いっしょ》だった友達」

「…………そっか。ユキは、そうなんだ」

「何その変な感じ」

「……同性だから？」

「ってことじゃ、ないと思う。つかさと狭山《さやま》さんが付き合ってたり……キスしてたり……するとこ見ても、別に偏見《へんけん》みたいな気持ち出てこなかったから。人前でやるなーってくらい」

「……うん」

「それに、言わなかったっけ？　私、恋《こい》とかそういうのよくわからないから。わからないってだけじゃなくて……避《さ》けてたんだろうな」

つかさの髪《かみ》がほとんど乾《かわ》いてきたので、私は風量を下げて毛先を整え始めた。

同時に、この話をそろそろ終わりにするための言葉を探していた。

「香織《かおり》さんが私のために我慢《がまん》してるって――思い込みかもしれないけど、今だって思ってる。それなのに私が恋《こい》するなんて、なんか変だなって」

ドライヤーを冷風にして、仕上げに入る。つかさの長い髪《かみ》は乾《かわ》かしてもしっとりとしていて、手櫛《てぐし》でもさらさらと指が通っていく。

「じゃあ、家を出た今は？」

「……どういう意味？」

「ユキは、自分が香織《かおり》さんの人生の邪魔《じゃま》になってるって言ってた。それで、香織《かおり》さんが誰《だれ》かを好きになったなら、自由にしてあげたいから家を出たんだよね。なら、ユキだって……」

「違《ちが》う。どうして、そんなことを聞くの？」

私はドライヤーをソファの脇《わき》にあるサイドテーブルに置いた。

もう、ノイズは聞こえない。

私はつかさの横に座ったが顔を逸《そ》らして、下を向いていた。

つかさの言いたいことは、わかる。

でも質問の意図はわからない。

だってつかさは、狭山《さやま》さんのカノジョだから。

私が深層心理から聞こえてくる声をそのまま口にしたら、つかさはどうするつもりなのだろう？

私は、どうしたいのだろう？

「ねぇ、ユキ……」

「きゃっ……」

つかさは急に体を翻《ひるがえ》した。私はびっくりして後ずさる。

そのまま、つかさは私に覆《おお》い被《かぶ》さって――押し倒した。私の両手を自分の手でそれぞれ押さえつけて、足は私の腰《こし》を挟《はさ》むように膝《ひざ》を立てている。

私は反射的に、視線を下に向けて顔を逸《そ》らしていた。

部屋着のボタンを外しているから、胸元《むなもと》が大きく開いていた。一緒《いっしょ》に買ったショートパンツは裾《すそ》がゆったりしているから、めくれ上がると太ももが付け根のところくらいまでほとんど露《ろ》出《しゅっ》していた。

つかさの息が荒《あら》い気がした。

私の心臓の鼓動《こどう》が速くなっているから、錯覚《さっかく》かもしれない。

ああ、どうしてどうして。

「ユキ……！」

つかさは私の名前をさっきよりも力強く呼ぶ。右手で私の顔を正面に戻《もど》す。つかさと至近距《きょ》離《り》で真正面から向き合う形になった。

鼓動《こどう》はさらに速くなる。

「さっきの質問に、答えてほしい」

つかさは私の目を見ながら、そう言った。

「私は……っ」

答えなんて、自分の中では決まっていた。

つかさの言う通りだ。

ひとり暮らしを始めて、香織《かおり》さんの下を離《はな》れて、恋愛《れんあい》に対して我慢《がまん》する必要がなくなって。

女子高だし、中学の時も恋愛《れんあい》とは無縁《むえん》だったたし、我慢《がまん》する必要がなくなったところで関係ないって思った。

……けど！

「恋《こい》していいなら、私は誰《だれ》に恋《こい》したい？
恋《こい》していいなら、つかさはなんて言ってくれるの——？」
声に出ていたのか出ていなかったのかはもう、わからない。
私の意思で制御《せいぎょ》できないくらい、喉《のど》がきゅっと締《し》まっていた。
「……っぐ……ひぐっ……」
ああ、鬱陶《うっとう》しい。
私は自分の目から、熱いものが垂れてくるのがわかった。
感情が爆発《ばくはつ》しそうなのに、うまく表現することができない。
代わりに涙《なみだ》だけは、いくらでも溢《あふ》れてきた。
「……うぅ……ぐすっ……ごめんね……こんな時に泣くの、ずるいのに……っ！」
つかさは狭山《さやま》さんのカノジョ。
ふたりの関係の重さと積み重ねた時間の長さを考えると、私はもう何も言えない。
「ねぇ、ユキ」
つかさはまた、私の名前を呼んだ。
それだけのことで、胸がとくんと跳《は》ねる。
つかさは私の顔を正面から見据《みす》え、そのまま肘《ひじ》を曲げると、顔が一気に近づいた。

睫毛《まつげ》が触《ふ》れてしまうような近さだった。

吐息《といき》が私の口元にかかってこそばゆい。パジャマの布が擦《こす》れて、次につかさの胸が私の胸を軽い重さで押し潰した。

「ちょっ……」

つかさは何も言わず目をつむって、私に口元を寄せてくる。

私は反射的に、自分の肘《ひじ》が動くのを感じた。手のひらは自然と持ち上がって、つかさの顔に向かう。

かつてつかさが私に覆《おお》い被《かぶ》さった時のことを思い出す。あの時と何かが変わったのかと言えば、何も変わっていない。

でも、だからこそ思う。

あの時私が抵抗《ていこう》をしなかったら、どうなっていたのだろう？

同時に思う。

いま私が抵抗《ていこう》しなかったら、一体どうなるのだろう？

私は、全身の力を抜《ぬ》いた。上がった右手は力をなくしてばふんとソファにバウンドする。私はソファの表面をぐっと摑《つか》む。

そして、目をつむる。

「んっ………」

視界が真っ暗になる。

瞬間《しゅんかん》、唇《くちびる》に熱くて柔《やわ》らかいものが触《ふ》れるのを感じた。

かすかに湿《しめ》っている皮膚《ひふ》の感触《かんしょく》。

飛び出してしまいそうなほど、心臓は激しく脈打っていた。

「んんっ……………」

もう、気づかないふりなんてできない。

私たちはいま、キスをした。

二分——三分はそのままでいたと思う。それくらい唇《くちびる》を重ねたままでいてから、つかさはゆっくりと、私の唇《くちびる》から自分の唇《くちびる》を離《はな》した。

私はまだ、目をつむったままでいた。

初めてのキスは、カノジョ持ちの女が相手だった。その事実よりも、初めてのキスをしたっていう奇妙《きみょう》な緊張《きんちょう》感と高揚《こうよう》感が、心音をずっとうるさくさせた。

時間差で熱が唇《くちびる》から頭の深いところにまで届いていくと、頭の中がぼーっとしてくる。

気づけば、私の目元は乾《かわ》いていた。つかさが手を握《にぎ》ってくれた時、ぎゅっと抱《だ》き締《し》めてくれた時、私の気持ちを安心させてくれたように、今も。

けれどもそんな私とは対照的に、頬《ほお》に生ぬるい雫《しずく》が落ちてきた。それは一滴《てき》から、段々数滴《てき》に変わっていった。

私は、ずっと閉じていた目をゆっくりと開く。

目の前にいるのは私がキスした相手だって意識して頬《ほお》が熱くなる——そんな余裕《よゆう》はなかった。

「つか……さ……？」

「わたし……いま……」

つかさの目元からは、涙《なみだ》が溢《あふ》れていた。

初めて目にする、つかさの涙《なみだ》だった。狭山《さやま》さんと距離《きょり》を置くことにした日、公園でキスをしていた日だって、つかさは泣いてはいなかったと思う。

「ユキに……キスした……」

なんでつかさが泣いているのだろう。

「わたし、浮気《うわき》した……？」

その答えはすぐに、つかさ自身が口にした。

つかさはすぐにソファから立ちあがり、廊下《ろうか》へと走って行った。直後、勢いよくドアの開く音が聞こえた。

「つかさ……」

私は呆然《ぼうぜん》としたまま、しばらくソファから起き上がることができなかった。

つかさは家を飛び出して行った。

聞こえた音で、そのことがわかる。

唇《くちびる》には、つかさに口付けされた時の感触《かんしょく》が明確に残っていた。熱も、柔《やわ》らかさも、表面のかすかな湿《しめ》り気《け》も、全部。

つかさを追いかけたいと思った気持ちと、追いかけてどうするのだろうというふたつの気持ちが自分の中に同居していた。

つかさがキスをしようとしてきたことを、私はわかっていた。わかった上で、抵抗《ていこう》しなかった。

あの時のように、つかさは私が抵抗《ていこう》すると思っていたのだろう。

本当にそうなのだろうか？

もし違《ちが》ったら、それはどんな感情なのだろう。

私は自分の唇《くちびる》に触《ふ》れる。つかさがキスをした唇《くちびる》に。

「……好きだよ、つかさ」

私は天井《てんじょう》に向かって、そう呟《つぶや》いていた。

言葉にすると、感情は涙《なみだ》になって溢《あふ》れてきた。

私は——恋《こい》をした。

つかさを好きだと思ってしまった。

今日気づいただけで、今日からってわけじゃない、たぶん。

少しずつ、碧海《あおみ》つかさって人間を知っていく過程でゆっくりと、恋《こい》をした。

だからつかさが私にキスをしようとしたのを、拒《こば》まなかったんだ。つかさがどんな気持ちで私の手を繋《つな》いだり、抱《だ》き締《し》めてきたりしたのかはわからない。

つかさ自身もわかっていなかった。

だから私はつかさが私をからかっているだけだって、無理矢理に定義したんだ。

どうして私は、無理矢理ひとつの言葉につかさの行動を押し込めた？

「わかってる、わかってる、わかってるからダメなのに……！」

つかさの気持ちにだって、私は気づいていたんじゃないだろうか？

狭山《さやま》さんとの馴《な》れ初《そ》めを聞いた時に、心のどこかで思ってしまったんじゃないだろうか？

恋人《こいびと》という枠《わく》と、恋《こい》をするという感情は別物だってことを。狭山《さやま》さんは孤独《こどく》なつかさに恋人《こいびと》という枠《わく》を与《あた》えることで、助けたんじゃないかって。

つかさが私を『からかって』いた時に感じていた気持ちは、あるいは――。

「つかさの初恋《はつこい》の相手は、きっと――」

傲慢《ごうまん》でいたい。もっと傲慢《ごうまん》でいたいけれど、その先の言葉はさすがに、独りきりでも口にすることができなかった。

それに、思うんだ。

あの瞬間《しゅんかん》、きっとつかさは初めて浮気《うわき》したって感じた。

――浮気《うわき》っていうことに、拒否感《きょひ》を覚えた。

それが意味することが何かは、推測することしかできないけれど。

あの瞬間《しゅんかん》、つかさはきっと初めて、真実《ほんとう》の意味で、自分が狭山《さやま》さんのカノジョであるってことを自覚したんだろう。

狭山《さやま》さんから与《あた》えられ、当たり前のものでしかなかった『カノジョ』という枠《わく》が、つかさにとっても大事なものだってことに気づいてしまったのだろう。

——私と『浮気《うわき》』の一線を越《こ》えて、壊《こわ》すことが怖《こわ》くなったんだろう。

それは私も、同じ。

ふたりの間に一線があることを強く意識し始めてしまったからこそ、越《こ》えるのが怖《こわ》くなった。

つかさが他人《ひと》のカノジョだってことを、もっと最初から真剣《しんけん》に考えるべきだった。

けれどももう、手遅《ておく》れ。

遅効性《ちこう》の毒のような感情に、私たちはじわじわと侵食《しんしょく》されてしまっていた。

毒はつかさにも私にも、きっと狭山《さやま》さんにも、もしかしたら弓莉《ゆみり》にだって回っているかもしれない。

なら、私はどうするべきだろうか？

違《ちが》う。すべきとかしなくてはならないとかじゃない。全部自分の責任で、悪いことをする。

——したい。

私は起き上がって、薄手《うすで》のパーカーを一枚羽織った。部屋着から着替《きが》えるのは面倒《めんどう》だけれど、さすがにキャミ一枚じゃ心許《こころもと》なかった。

お風呂《ふろ》場から、タオルを乱暴に数枚とって、適当なエコバッグに突《つ》っ込んだ。

玄関《げんかん》のドアを開けると、雨音が聞こえた。私は玄関《げんかん》にあるビニール傘《がさ》を手に取った。

「――違《ちが》う」

私は傘《かさ》立てにビニール傘《がさ》を戻《もど》してから、英字新聞みたいなお洒落《しやれ》な模様の入った傘《かさ》に持《も》ち替《か》えた。

私はこれから、人として最低なことをしに行く。

そのために扉《とびら》を閉めて、小走りでマンションのロビーへと向かった。


時刻は、二十一時を過ぎていた。

今日までの日々を振《ふ》り返《かえ》ってみれば、つかさが行く場所なんて数カ所しか思いつかなかった。

その中で一番つかさがいる可能性の高い場所に私は向かっていた。

「……やっぱり、ここにいたんだね」

街の中にある神社の一角。

まるでいつかの再放送。

屋根とベンチのある東屋《あずまや》に、つかさは座り込んでいた。一ヶ月前のあの時と違《ちが》って、拾ってくださいなんて書かれた段ボールはなかった。代わりにつかさはびしょ濡《ぬ》れで、よっぽど捨て猫《ねこ》みたいだった。

「ほら、体拭《ふ》いて」

あまりに予想通り過ぎて、私は笑《え》みをこぼしていた。

持ってきたタオルを二枚、つかさに押しつける。

「シャワー浴びたばっかりなんだし、湯冷めして風邪《かぜ》引いちゃうよ」

「………うん。ありがと」

つかさは素直《すなお》にタオルを受け取ると、髪《かみ》から拭《ふ》き始めた。

「……せっかくユキに乾《かわ》かしてもらったのに」

この一言でよくわかる。

つかさは自分がした行動で相手がどう思うかわかってない。だから大胆《だいたん》な行動に出られるし、私はそれにずっと惑《まど》わされてきた。

意味なんてないのに、私は意味を見出《みいだ》そうとしてしまっていた。

けれど、もう違《ちが》う。

私のことも意識させて、つかさの行動に意味を与《あた》えるんだ。

「ほら、さっさと拭《ふ》いて。じゃあ髪《かみ》は私が拭《ふ》いてあげるから、つかさは体ね」

私はつかさの隣《となり》に座って、わしゃわしゃとタオルを動かした。

「全く。雨だってわかってて飛び出すなんて、心配させないでって話」

「……うん」

雨音が心地良《ここちよ》かった。

適度なノイズは、沈黙《ちんもく》を苦じゃなくしてくれるから。

ふたりとも薄着《うすぎ》だったけれど、七月の夜は雨でちょっと蒸《む》し暑《あつ》かった。

「……ごめん。いきなり、飛び出して。それと――」

「言わないで」

私は、反射的につかさの言葉を制していた。

飛び出したことは、いい。でもキスしたことを、謝ってはほしくなかった。

「だって、ファーストキスなんだよ？　謝られちゃったらなんか……悲しいし。とりあえずそれは、今はなし」

「……わかった」

再び、少しの間沈黙《ちんもく》が流れた。

そして、つかさは穏《おだ》やかな調子で口を開いた。

「わたし、自分の気持ちがわからなかった。ユキの言う通り、わたしはユキのことをからかってるのかもって思った。でもやっぱり、違《ちが》うとも思った」

「……うん」

って思った」

「ユキが辛《つら》そうな顔をしてると、わたしも辛《つら》い。わたしがそれを軽減させてあげられるなら、してあげたいって思った。手を繋《つな》いだり抱《だ》き締《し》めたりして、ユキの心がほぐせるなら、嬉《うれ》しいって思った」

私はつかさの手を握《にぎ》った。上から被《かぶ》せるように握《にぎ》った後、今度は指の一本ずつを絡《から》ませるように握《にぎ》り直した。つかさは、それを振《ふ》り払《はら》うことはしなかった。

「さっきもユキが泣いてたから、どうにかしてあげたいって思った。でもそれ以上に……ドキドキした。ドキドキして、触《ふ》れたくなって、止まらなくなった。思い返せば、いつからかずっとそういう気持ちだった。それで……」

キスをした、とつかさはとても小さな声で言った。

「でもその瞬間《しゅんかん》、頭の中に玲羅《れいら》の顔が浮《う》かんだ。それでわたし、気持ちが滅茶苦茶《めちゃくちゃ》になった」

「……浮気《うわき》したって思ったの？」

「……うん。今まで正直、わからなかった。でもあの時は頭じゃなくて、心で感じた気がした。ユキとキスをして、心臓の鼓動《こどう》が速くなって、幸せな高揚感《こうようかん》が湧《わ》いているってわかった瞬間《しゅんかん》に——自分への嫌悪《けんお》感が全部をかき消した。それで、気持ち悪くなった。わたし、浮気《うわき》したんだって。カノジョが——玲羅《れいら》がいるのに、ユキとキスをしたんだって！」

つかさの言葉が、徐々《じょじょ》に熱を帯びていくのがわかった。

何度もつかさの言葉を聞いた。

今が一番、人間らしいと思った。

ううん、違《ちが》う。

「つかさの時間はいま、ようやく動き始めたんじゃないかな」

「えっ——……んっ……」

つかさがうるさいから、私は自分の唇《くちびる》で、その口を塞《ふさ》いだ。

さっきと全く同じ柔《やわ》らかさだったけれど、さっきよりもちょっとだけ冷たかった。

つかさは抵抗《ていこう》しなかった。

唇《くちびる》の上で、私は自分の唇《くちびる》をぱくぱくと動かした。

「んっ……ふっ……」

つかさの苦しそうな呼吸が聞こえる。

それでも私は、唇《くちびる》を離《はな》さなかった。

私の方も息が苦しくなってきてようやく、唇《くちびる》を離《はな》した。唇《くちびる》の先がじんじんと熱い。

「ぷはっ……はぁっ……」

「ユキ……どうして！」

つかさの声は、どこか怒《いか》り混じりだった。

無理もないと思う。キスをして浮気《うわき》したって感じている相手に、私はもう一度キスをしたのだから。

「今のキスは、気持ち悪かった？」

「えっ……」

「気持ち悪かった？」

「……うん」

つかさは目を逸《そ》らして、そう言った。

「わたし……本当にわからない」

つかさの目には再び、涙《なみだ》が溜《た》まっていた。

瞬《まばた》きをする度《たび》に一滴《てき》ずつ、涙《なみだ》がこぼれていく。

「つかさは——空っぽだったんだよ。たぶん、お母さんに失望された時から。そこに狭山《さやま》さんが恋人《こいびと》って枠《わく》を与《あた》えて、ずっとその枠《わく》に囚《とら》われていた」

「……っ」

「だから今までつかさは、狭山《さやま》さんに恋《こい》をしてなかったんじゃないかな。でも、今はそうじゃなくなった。つかさの中にようやく誰《だれ》かを想《おも》う気持ちが生まれて、それで……狭山《さやま》さんへの気持ちも同じなんだって、今気づいた」

「じゃあユキへのこの気持ちは……恋《こい》なの？」

「だとしたら、浮気《うわき》だね」

「えっ……」

「でもね、知られなきゃ大丈夫《だいじょうぶ》」

私は笑って、そう答えた。

笑顔《えがお》は自然に作ることができた。

「いいよ、私。つかさが決めるまで、我慢《がまん》できる。つかさが自分の気持ちをちゃんと定義できるようになるまで、我慢《がまん》できる」

「どういう……こと……？」

「『浮気《うわき》』なんて絶対にしないから、私たちの関係は成り立ってる。でももしこれが浮気《うわき》なら、私たちの関係は変わっちゃう。きっとつかさは耐《た》えられなくて――元通りか、あるいはお母さんのところに戻《もど》るんだと思う。でもつかさが変われるのはきっと、今がチャンスなんだよ。つかさが自分で、自分の気持ちを取《と》り戻《もど》すチャンスなんだよ」

こんなのは全部詭弁《きべん》だってわかっている。

わかっているけど、この関係を終わらせないために……つかさと一緒《いっしょ》にいるためには、詭弁《きべん》に頼《たよ》ることしか私には思いつかない。

私は、続く言葉を口にした。

「だから私、この浮気《うわき》じゃない関係を続けられる。つかさが答えを出すまで、待つ」

私はもう一度、つかさの唇《くちびる》に自分の唇《くちびる》を当てる。

今度は、短いキスだった。

「何度キスしたって、バレなきゃ大丈夫《だいじょうぶ》。バレなきゃ浮気《うわき》にはならない……つかさの中以外では、ね」

ああ、最低だ。

こうしてつかさに罪悪感を覚えさせて、私は私の思う方向へ誘導《ゆうどう》している。

だって今の状態だったらきっと、つかさは狭山《さやま》さんのところに戻《もど》る。

そうやってケジメをつけに行く。

私はそんなの嫌《いや》だ。

つかさは絶対に、渡《わた》さない。

「それに、私はつかさに恋愛《れんあい》感情ない。キスしたのも……からかって楽しんでるだけ」

私、つかさのこと好きだもん。

つかさの気持ちを私の方へ完全に傾《かたむ》けるためには、もっと時間が必要だ。

そのためなら、私はもう笑いながら嘘《うそ》をつける。

無意識に、つかさの手を握《にぎ》る力を強くしていた。

「…………うん」

つかさは私が嘘《うそ》をついたってわかっているのかな。

わかっていると思う。

だってつかさ、泣いているから。

「じゃあ、これまで通りだね。期末試験も頑張《がんば》らないとひとり暮らしが終わりになっちゃう……だからよろしくね、つかさ！」

「うん、勉強、頑張《がんば》ろうね……ユキ」

この恋《こい》の結末がどうなるか、何もわからない。

けれど私は——私たちは、曖昧《あいまい》なままでいることを選択《せんたく》した。

そのまま私たちは、雨が止《や》むのを待っていた。

一時間くらいは一緒《いっしょ》に座っていたと思う。二十二時を過ぎていたから警察に見つかって注意されないように気をつけつつ、夜道を歩いた。

誰《だれ》にも見られてないって信じて、恋人繋《こいびとつな》ぎで。

エピローグ

日曜日の朝。

結局疲《つか》れて買い物もせずに寝《ね》てしまった私たちは、朝食を買いに駅前に向かっていた。

私たちの関係は昨晩、確実に変わった。

だから少し慎重《しんちょう》になっていて、駅前を歩く時には手を繋《つな》ぎもしないし腕《うで》を組んでもいなかった。

「私は……カレーパンとキーマカレーパンとゆでたまごカレーパンかなぁ」

「……胃、もたれない？　カレーパンって揚《あ》げ物《もの》だよ？」

「んー、胃もたれるって感覚、知らないんだよねぇ」

「ふふ、うらやましいな」

つかさは、サーモンとマスカルポーネチーズのサンドイッチをひとつ、購入《こうにゅう》。私はつかさに話した通りカレーパンを三つに、デザートのチョココロネを買った。

朝になって、私たちはいつも通りに会話することができていた。

昨日のことをあらためて話題に出すことはなかったけれど、不思議と自然なリズムに戻《もど》っていたと思う。

微笑《ほほえ》むつかさは、やっぱり可愛《かわい》い。

私は普通《ふつう》に朝ご飯を買っているだけだから、呆《あき》れた表情をされるのがちょっと不満だけど。

「大体、つかさが食べな過ぎなんじゃない？　それなのにさー……──あ」

パンの入ったビニール袋《ぶくろ》を揺《ゆ》らしながら歩いていると、私は駅から出てきた櫻桐《おうとう》の生徒と目が合った。

「………ユキ」

部活用の大きなバッグを持った弓莉《ゆみり》が、私たちを見ていた。

「おはよ」

「……おはよ」

私は挨拶《あいさつ》の言葉を交《か》わした後、つい目を逸《そ》らしてしまっていた。

「前に言ったこと、覚えてる？」

「……うん、もちろん」

私のしていることは誰《だれ》かを傷つけているかもしれない。そのことを、よく考えてほしい。

弓莉《ゆみり》から言われたことは、鮮明《せんめい》に覚えている。

けれども私は、弓莉《ゆみり》からの懇願《こんがん》と正反対のことをしている。

「まあ、まだ二週間も経《た》ってないし、変わってないとは思うけど、ちょっとでも……」

「そうだよ。変わってない、何も」

弓莉《ゆみり》の言葉に答えたのは私ではなく、つかさだった。

つかさは私の腕《うで》を引き、自分の胸元《むなもと》に引き寄せて、くっつく格好になった。

多くの言葉はいらなかった。

「変わってない。これは、玲羅《れいら》とわたしと、ユキの問題。久留米《くるめ》さんには、ずっと関係ないってことも、変わってない」

「――碧海《あおみ》さんには聞いてないから」

淡々《たんたん》と言うつかさに対して、弓莉《ゆみり》もまた淡々《たんたん》と答えていた。

けれどもバッグの持ち手を握《にぎ》る弓莉《ゆみり》の手に爪《つめ》が食い込むほど力が入っているのを、私は見逃《みのが》すことができなかった。

「大体わかった。ねぇ、ユキ？」

「……うん」

「今度は、うちがユキを救うから」

そう言い残して、弓莉《ゆみり》は早足で学校に向かっていった。

弓莉《ゆみり》は一度も振《ふ》り返《かえ》らなかったけれど、つかさは抱《かか》えた私の手をずっと離《はな》さなかった。


週明けの月曜日。

期末テストの一日目。

つかさと私はそれぞれの教室へ向かっていた。

昨日、弓莉《ゆみり》とあんなことがあったけれど、きっと今日はいつも通りに話すんだろうなって予感があった。

そして始業前。

私は英字新聞みたいな模様のついた傘《かさ》を持って、自分のクラスではない教室を訪《おとず》れていた。

教室の入り口から中を覗《のぞ》き込むと、私に気づいた狭山玲羅《さやまれいら》は自分の席から廊下《ろうか》まで出てきた。

「……どうしたの？」

狭山《さやま》さんはつかさのお母さんが学校に来たところまでしか知らないから、どこか気まずそうで、探《さぐ》り探《さぐ》りの調子に聞こえた。

けれども私の立場はもう、違《ちが》う。

「先週借りたもの、返しにきた」

「――――ええ」

声を仕事にする彼女だからだろうか。

私の一言を受けて、空気が変わった。

往来する生徒のことなんて眼中になく、ピリッとした臨戦態勢に変わったのを私は感じていた。

短い言葉と表情だったけれど、気圧《けお》されそうな迫力《はくりょく》を感じていた。

けれども、私は何も怖《こわ》くなかった。

だから傘《かさ》を突《つ》き出《だ》しながら、胸を張って微笑《ほほえ》みながら、言うことができた。

「傘《かさ》は、返す。ありがとう」

狭山《さやま》さんはゆっくりとした動きで、私から傘《かさ》を受け取った。

私の言葉の意味に、気づかないはずもなく。

「……わざわざ、ありがとう」

笑顔《えがお》の奥に渦巻《うずま》く溶岩《ようがん》のような怒《いか》りを湛《たた》え、たった一言そう告げると、教室の中へ戻《もど》っていった。

手ぶらになった私は廊下《ろうか》をゆっくりと歩いて、自分の教室へ向かう。

期末試験一日目の最初の科目は、古文。

奇《く》しくもつかさと初めて話した補習の科目と、同じだった。

「──絶対に、渡《わた》さないよ」

私は小さな声で呟《つぶや》いて、歩幅《ほはば》を大きくするのだった。

あとがき

はじめまして、Ａｋｅｏ（あけお）です。

『彼女のカノジョと不純な初恋《はつこい》』をお手に取っていただきありがとうございました！

タイトルこそ『不純な初恋《はつこい》』ですが、登場人物みんなに通底しているのは純粋《じゅんすい》な気持ちで、結果的にそれらが絡《から》み合《あ》って不純になっている……ままならないですね。

当初は「突然《とつぜん》の同棲《どうせい》開始！　どうなる？　ドキドキ！」みたいな話だったのですが、担当さんと物語をより面白《おもしろ》くするように相談を重ねていった結果、なぜかとても湿度《しつど》が高い話になっていました、不思議。

人間関係でもこう、みんなが薄々危《うすうすあや》うさを感じている中でなんとか均衡《きんこう》を保っていたのが、何かをきっかけに一気に変わっていくことってありますよね。そういう壊《こわ》れそうな思春期の痛々しさと、だからこその刹那《せつな》的な尊さを書くことができていたらいいな……。

本作はいわゆる「百合《ゆり》」作品です……が、百合《ゆり》作品だから何かが特別とは思っておらず、人それぞれの悩《なや》みや苦しみ、家庭環境《かんきょう》、そして喜びや幸せなどを描《えが》くという点においては百合《ゆり》作品か否《いな》かにかかわらず、共通していることなんじゃないかなと思って日々書いています。

なので、百合《ゆり》好きの方もまだ百合《ゆり》好きになっていない方も、ユキやつかさ、弓莉《ゆみり》や玲羅《れいら》、彼女たちだからこそのエモや背徳を感じていただければ嬉《うれ》しいです。

イラストは塩《しお》こうじ先生に担当してもらいました。一部の方にはお馴染《なじ》みの先生かもしれませんが、本作でも素晴《すば》らしいイラストを描《か》いてくださいました。可愛《かわい》さと美麗《びれい》さと繊細《せんさい》さを兼《か》ね備《そな》えたイラストは、見ていて惹《ひ》き込まれます。

最後になりますが、お世話になった皆様《みなさま》に、この場を借りてお礼申し上げます。担当編集者様、電撃《でんげき》文庫編集部の皆様《みなさま》、営業の皆様《みなさま》、校正者様、塩《しお》こうじ先生、印刷所の皆《みな》様《さま》、これまで関わってくださった多くの方々。そして何より、この本を手に取ってくださった読者の皆様《みなさま》。本当に、本当に、ありがとうございます。

このご時勢なのでどうなるか本当にわかりませんが、願わくはユキやつかさのこの先も描《えが》く機会を、そして読者の皆様《みなさま》とまたお会いする機会をいただけたらとても幸せです。

最後まで読んでいただき、誠《まこと》にありがとうございました！

本書に対するご意見、ご感想をお寄せください。

ファンレターあて先
〒102-8177　東京都千代田区富士見2-13-3
電撃文庫編集部
「Akeo先生」係
「塩こうじ先生」係

本書は書き下ろしです。

電撃文庫

彼女《かのじょ》のカノジョと不純《ふじゅん》な初恋《はつこい》

Akeo《あけお》

◇◇◇

2025年1月10日　初版発行

発行者　山下直久
発行　株式会社KADOKAWA
〒102-8177　東京都千代田区富士見2-13-3
0570-002-301（ナビダイヤル）
装丁者　荻窪裕司（META＋MANIERA）
印刷　株式会社暁印刷
製本　株式会社暁印刷

●お問い合わせ
https://www.kadokawa.co.jp/（「お問い合わせ」へお進みください）
※内容によっては、お答えできない場合があります。
※サポートは日本国内のみとさせていただきます。
※ Japanese text only

※定価はカバーに表示してあります。

ISBN978-4-04-915984-4　C0193　Printed in Japan

電撃文庫　https://dengekibunko.jp/

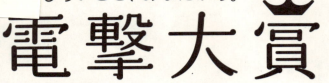